忍者だけど、ＯＬやってます

抜け忍の心意気の巻

橘もも

双葉文庫

忍者だけど、ＯＬやってます

抜け忍の心意気の巻

「選べ。今ふたたび忍びの技を封印し、二度と禁を破らないと誓うか、それとも――これまでの不徳を詫びて、里に戻るか」

突きつけられた選択を前に、迷わなかったといえば、嘘になる。

けれど陽菜子《ひなこ》は決めていた。自分がどの道を選ぶか。どう、生きるかを。

「わたしは――」

打算や迷いを射抜く次期頭領の鋭い問いかけを、初めて真正面から受けとめて、陽菜子はまっすぐに返す。

1

打ち合わせから戻るとフロアが妙に騒がしく、きゃあっと跳ねあがるような歓声が響きわたった。陽菜子に同行していた上司の森川俊之《もりかわとしゆき》が、それが同じ部署の宮原鞠乃《みやはらまりの》のものだと気づくと、隣でこめかみをかすかに強張《こわば》らせる。壁にかかった時計をみれば、十一時五十三分。昼休みに入るには確かにはやいが、そう目くじらをたてることでもないだろうと、とりなす言葉を探した陽菜子の耳に、聞き覚えのある笑い声が続いて、届く。

――あ。

察して口をつぐんだ陽菜子を、森川は目を細めて見おろした。

「どういうことだ?」

「いや、わたしに聞かれましても」

「あれはお前の管轄だろう」

「ちがいますよ。やめてくださいよ。部署も立場もちがうのに」

「どうでもいいから、さっさと連れ出せ。俺はあれが視界の片隅に入るだけで、蕁麻《じんま》疹《しん》が出そうになるんだ」

「いやだから」

言いつのる陽菜子を置いて、森川はうっすらと口元に笑みを浮かべ、嬌声のかたまりに向かってずんずん歩いていく。「うわあ、森川くん久しぶりだね！　元気だった?」と呑気な声があがったあと「ご無沙汰しております」という森川の殺意を忍ばせた声が続き、陽菜子は深いため息をついた。不機嫌はまりちゃんのせいじゃなくてあいつの気配を察したからか。と、改めて森川の耳のよさと自分の鈍さを思い知る。

森川は、抜《ぬ》け忍《にん》だ。里という組織を抜けて己の才覚のみで立つ、主をもたない忍び。いまや物語の中だけの存在だと思われている忍びの者がこうしてオフィスに潜んでいるだなんて、誰も想像すらしていないだろう。陽菜子がそれを知っているのは、里は違えど己もまた抜け忍だからだ。

岐阜の山奥にある八百葛《やおかずら》という忍者の里で、陽菜子は頭領の一人娘として育った。だが掟に縛られ、自由の利かない暮らしを強いられることに耐えきれず、大学卒業と同時に、父に啖呵《たんか》を切って里を抜けた。条件は、二度と忍びの技を使わないこと。素性を誰にも知られることなくひっそりと息をひそめて生きていくことだ。

けれどこの半年近くで陽菜子は二度もその禁を破った。どころか、なりゆきである人の元で修練を再開させてもいる。それなのに、鬼のしごきを受けた成果をまるで感じられないのが情けないところだった。見える前に視よ、聞く前に聴け。その教えもちっとも、活かせていない。

しかたない。一朝一夕に身につくものを、技とは呼ばない。陽菜子は静かに息を吸うと、森川を見倣って口角をわずかにあげ、動揺を悟られないよう気をつけながら自分のデスクへと向かった。人だかりは、その真正面に起きていた。

「あっ、おかえり。望月《もちづき》！」

中心に立つ人物の、ひときわ能天気な声に、場にいた全員の視線が陽菜子に向く。

「帰ってきたのはあんたでしょ」

すげなく言うと、

「えへへ、ただいまー」

と、声の主は、緊張感のない顔をさらにでれっとゆるませた。

あいかわらず締まりのない、平和を絵に描いたような屈託のなさに、醒めた視線を返して、陽菜子は席につく。

和泉沢創《いずみさわつくる》。陽菜子の勤める和泉鉱業エネルギー、通称ＩＭＥ創業者の孫であり社長の息子である彼は、陽菜子にとっては同期にあたる。といっても大学院を出ているため陽菜子より二つ年上。先月には三十一歳になったはずだが、入社以来ひとところも曇る気配をみせない純真さでもって、なぜか陽菜子に懐いてまとわりつき、面倒ごとばかり持ちこんでくる。そのため、およそ頼もしさというものが感じられず、年齢や肩書に相応する敬意を払う気にもなれない。それは陽菜子の上司だったときも同じで、この資源開発課で課長の座についていたときから、陽菜子はしょっちゅう尻拭いをさせられてきた。そんな和泉沢に醒めた視線を送るのは陽菜子に限ったことではなく、彼が中心でもてはやされていたのは、残業を切り上げて飲みに連れていくときと、出張から帰ってきたときだけだ。

今日はおそらく、後者だろう。

いつもなら和泉沢のぽやぽやした態度を面倒くさそうにあしらっている鞠乃も、満面の笑みで出迎えている。和泉沢が異動したのは半年ほど前のことだが、古巣の部署にまでおみやげを運んでくるなんて律儀な男である。

「望月さん、見てくださいよ。これ、かわいくないですか?」

無関心を決め込んでいた陽菜子に、鞠乃が手のひらサイズの人形を差し出す。二頭身の子供に見えるが、置物にしては不自然に大きい穴が頭に開いている。疑問を見てとった鞠乃が、したり顔で殻つき卵を取りだし、その穴を埋めてみせた。

「エッグスタンドです。まあ、あると便利かっていうとそうでもないんですけど」

「いいんじゃない。まりちゃん、いっつもおやつはゆで卵だし、飾っておくだけでもかわいいし」

「そうなんですよ。ね、和泉沢さん。二つもらってもいいですか?」

「いいよー。洋服の柄も髪の色も一つひとつ違うから、好きなのどうぞ」

「わーい！　これずっと欲しかったんです。でもどこにも売ってなくて」

「へえ。デンマークのブランドなの？」

「そうですけど、望月さん、和泉沢さんの出張先、知ってたんですか？」

まあね、と内心ひやりとしつつ、陽菜子はそっけなく席についた。

——帰ってきたら、真っ先に連絡するって言ってたくせに。

打ち合わせのあいだに溜まっていたメールを確認しながら、鞠乃には気づかれないよう、和泉沢の様子をうかがう。

いったいいつ帰国したのだろう。最後に会ったときに比べて心なしか頬の肉が落ちた気がするけれど、デンマークの食事が合わなかったのか。いつもは何をおいても陽菜子の席に走り、邪魔だと言っても離れないくせに、今日に限って、久しぶりに顔をあわせた元部下たちの近況を聞くのに忙しいらしい和泉沢に、妙に腹が立つ。あれこれ気を揉んでいた自分がばかみたいではないか。と思いつつも、

「長谷川《はせがわ》くんには、現地のビールがおすすめだよー。たしかクラフトビール、ハマってたよね？」

「よく覚えてるっすねえ。ありがたくいただきまーす」

「あ、チョコうまそう。俺、これもらっていいですか」

「どうぞどうぞ。木村《きむら》くんはチョコ好きだったよなーって思って選んだんだ」

と、あいかわらず一人ひとりに細やかな気配りを見せる姿に、心がわずかにほころびもする。次いで和泉沢は、陽菜子以上に興味のないそぶりを見せていた森川のもとへと駆け寄った。

「森川くんにはコーヒー買ってきたよ。ちゃんと酸味の少ないやつ選んできた」

「……お気遣いありがとうございます」

愛想のいい森川の笑みが、筋肉の操作だけでつくられたもので、その裏に秘められているのが生理的嫌悪だと気づいているのは陽菜子くらいだろう。過去に森川から土下座まで要求され、敵意を一身に浴びたこともある和泉沢はいいかげん自覚してもよさそうなものだが、そんな気配は微塵も感じられない。呆れるを通り越していっそ感心してしまうが、そういうところが森川の苛立ちをいっそう煽《あお》るのだろう。半ば同情のまなざしを向けていると、陽菜子にだけわかる殺気を放ち凄《すご》んでくる森川と目が合った。

見なかったことにして、パソコンの画面に視線を戻す。一刻もはやく和泉沢を連れて出て行けと言いたいのだろうが、それは陽菜子の職務ではない。あてつけのように通常の一・五倍のはやさでキーボードを叩き、打ち合わせの経過報告をまとめはじめた陽菜子に森川がさらに凄むのを感じるが、それも気づかないふりをする。

そんな陽菜子を意味ありげに見やって、鞠乃が椅子を寄せて隣に座った。

「和泉沢さんってほんといい人ですよね。私たちにまでおみやげ買ってくる義理ないのに」

「みんながちやほやしてくれるから嬉しいんでしょ」

「でもそういうご機嫌とりって、普通はきらわれるか軽んじられるかのどっちかなのに、和泉沢さんだと憎めないから不思議。むしろ課長だったときは、カモにされやすいから守ってあげないと！みたいな連帯感、生まれてましたよね」

「たしかに。あいつが課長だったときは、妙にみんな仕事の能率あがってたし。ほんとトクな性格してるわ」

「そういうの、人徳っていうんですかねえ」

「……言ってて腹立たない？」

「立ちます。でもこの、憎めないんだけど憎たらしい感じが和泉沢さんの和泉沢さんたる所以《ゆえん》ですよねー」

和泉沢が二十代で管理職の座に就いたのは、社長の息子だからというのは周知の事実。元は研究職志望だったせいもあり、営業職に近い資源開発課ではやっかみをはねのけるほどの能力も示せず、ぼんくらとお坊ちゃんをかけてボンという呼び名をつけられていた。だが鞠乃のように、近くで働く人間ほど本気の陰口を叩くことがなく、呆《あき》れながらも見守っているのは、ひとえに、底抜けにお人好しなその性格ゆえだろう。部下たちのストレスや疲労が限界に達する前の絶妙なタイミングで飲みに誘ったり、一人ひとりの嗜好にあわせた差し入れをしたり、空気を読むのは苦手なくせに、ちゃんと人を見ていることが言動の端々から伝わってくる。いちいち相手にするのは鬱陶しいのでみんな、ふだんはスルーしているけれど、この人のために働きたい、と思わせる不思議な魅力があるのは確かなのだった。

「このエッグスタンドだって、そこそこいいお値段するんですよ。五個しかなかったから、望月さんのぶんも二つ確保しておきました」

「それじゃ残り一つじゃない。わたしは一つもらえば十分よ。ゆで卵そんなに食べないし」

「クリップでも入れておけばいいじゃないですか。それにこれ、ペアで並べたほうが絶対かわいいんで」

そう言って、鞠乃は勝手に、デスクトップの横に置く。デンマークの国旗を模した赤い洋服をまとった男の子と、青地に白い花をちらした洋服の女の子。どちらも髪は黄色く塗られ、色鮮やかなせいか見ているだけで心が華やぐし、一つより二つのほうがたしかに映える。

「ありがたく受けとっておきましょうよ。せっかく和泉沢さんが望月さんのために買ってきたんですから」

「いや、わたしじゃないでしょ。みんなのためでしょ」

「それ本気で言ってます？ 和泉沢さんの目的が望月さんだってことくらい、フロア中が知ってますよ？」

「同期だからかまいやすいだけでしょ」

「またまたー。和泉沢さんが来たとき、私、最初に声かけられたんですけどね。『望月は？』の第一声からずーっと望月さんのことばっかりで、あいかわらずすぎて笑っちゃいました。『ねえねえ宮原さん、望月はどれが気に入ると思う？ チョコは、甘いのとビターなのとリキュール入ってるのと買ったんだけど、そもそも望月、ダイエット中だったりしないかな？ あ、ノートも買ってきたんだけど、望月って打ち合わせのときどういうの使ってたっけ。あ、あとねあとね……』」

「……まりちゃん、それ、なんの真似？」

両手を胸の前で組んでくねくねしながらしゃべりはじめた鞠乃に、陽菜子は頬を引きつらせる。けれど負けじと、鞠乃もかわいた笑みを浮かべて返す。

「和泉沢さんですけど、似てません？」

「ぞっとするほど似てるからやめてくれないかな」

「延々と聞かされたんですから、それくらいやらせてくださいよ。何が悲しくて人の惚気《のろけ》につきあわされなきゃいけないんです。しかも仕事中に」

「……惚気？」

「だってついにくっついたんですよね、和泉沢さんと」

――誰と誰が！

思わず大声をあげそうになったその瞬間、背筋が凍えるほどいやな視線を感じる。放たれた先を見やると、案の定、森川と目があった。鞠乃はいちおう声を潜めていたものの、素人のそれは森川にとって大声と同じだ。先ほどまでの不機嫌と殺気はどこへやら、急におもしろがるような表情に変わる。あえて耳に届くよう「くっついてません」と滑舌よく鞠乃に告げると、陽菜子は声を落として続けた。森川には決して届かない吐息に変えて。

「まりちゃん、なにそれ誰情報。いい加減な噂流すといくらかわいい後輩でも張っ倒すよ」

「えー？　そんなの聞かなくたって和泉沢さん見てればわかりますよ。今もめちゃくちゃ望月さんの様子うかがってるじゃないですか。しかもいつもの三倍ゆるんだ、だらしのない顔で」

「あいつの顔がだらしないのもへらへらしてんのも、いつものことじゃない」

「全然、違います。私をナメないでください。ほら見てくださいよ。あんなもじもじして、少女マンガのヒロインみたいになっちゃって」

「ヒロインて」

「これまではお母さんの後をついてまわるぼんくら息子って感じでしたけど、今はなんていうんだろう、うーん、放課後の下駄箱の陰でラブレター握りしめて待ってる女子高生？」

「どっちにしろ願い下げなんだけど？」

陽菜子はこれみよがしに溜息をついた。

「あのね、まりちゃんは忘れてるかもしれないけど、あいつ一応、御曹司なの。置物としてならこのエッグスタンドよりも見映えがいいのよ。実態を知らずに狙ってる女子社員もたくさんいるんだから、変な噂たてないで」

「大丈夫ですよ、ほとんどの人は望月さんのこと、和泉沢さんの調教係としか思ってませんから」

「それはそれで迷惑だけども！」

「今のところ気づいたのは私だけだと思います。まあ、あの様子じゃ時間の問題かもしれないけど、今は部署も違うし大丈夫じゃないですか？」

そう言う鞠乃につられて改めて和泉沢を見ると、元部下たちに囲まれながらも、たしかに視線は頻繁に陽菜子に向けられていた。目があうと、きゃっ！と叫び出しそうな雰囲気で頬をあからめ、そらしてしまう。思わず本気で「うざ」とつぶやいた陽菜子に、鞠乃は吹き出した。

「そういうとこですよね、たぶん」

「なにがよ」

「まあとにかくすごいことですよ。あの和泉沢さんをオトすなんて」

鞠乃は本気で感心したように、熱のこもった目で陽菜子を見つめた。

「あの人の恋愛アンテナ、ぶち折れて感度最悪だったじゃないですか。一生、無自覚かなって思ってたんです。あるいは、別の女と結婚しても望月さんにつきまとって、奥さんにブチギレられて、バツ三くらいになってからようやく本当の気持ちに気づく、みたいな」

「……ずいぶん具体的な妄想してたんだね？」

「でも、そういうことですよね？」

「知らないよそんなの」

肯定しても否定してもうるさそうなので、陽菜子は相手をせず、いなすことに決めた。やってられん、という態度で軽く息を吐いてパソコンに向き直ると、とたんに鞠乃がつまらなそうに唇を尖らせる。

「えー。じゃあ本当に何もないんですか？」

「ないよ。あるわけないでしょ。くだらないこと言ってないで仕事しな。森川さんに怒られるよ」

「でもなー。和泉沢さんがそうなのは、間違いないと思うんだけどなー」

諦めの悪い鞠乃を無視してキーボードを打ちながら、その隙間でちらりともう一度、和泉沢をうかがう。

——何もない、わけじゃないんだけど。

かたくなに視線をあわせようとしない陽菜子の淡泊な態度に、和泉沢は落ちこむでもなく、鞠乃の言うとおりひどくもじもじしながら陽菜子を気にし続けている。その様子に、本来ならば喜んだりくすぐったさが湧いたりするべきなのかもしれないが、陽菜子は本気で軽く引いていた。出張中、あの日のことを時折思い出しては甘酸っぱさがこみあげることもあった、そんな瞬間が嘘のように邪魔くさい。

けれど残念ながら、陽菜子はどうしたってあの男を放っておけないし、幸せでいてほしいと願ってしまう。認めるのはひどく癪だが、あれが正真正銘、陽菜子の好きな男なのだ。

そして。

鞠乃の言うとおり、どうやら和泉沢も、陽菜子のことが好きらしい。友達ではなく、恋愛的な意味で。つきあってはいない。断じてそんな関係にはいまだなってはいないけれど。

——なんか、めんどくさいなあ……。

我ながら情緒のかけらもないなと思いながら、陽菜子は、一か月半前のことを思いだす。

——好きだよ、望月。

そう言って、和泉沢は、へにゃっと馬鹿みたいな顔で笑ったのだった。

二月も後半にさしかかったよく冷える日。和泉沢の祖父——和泉鉱業エネルギーの創業者にして会長である、與太郎《よたろう》の自宅に招かれた日のことだ。

水素エネルギーの開発を中心とする技術戦略室の室長に、和泉沢が就任して異動したのが昨年の終わりごろ。そして年明け早々、上海の科学技術研究所が、提携と見せかけてＩＭＥの技術をはじめ情報を盗もうと接近してきて、会社も和泉沢も危機にさらされた。そのとき中国が送り込んできたのが、里と因縁のある忍者だったせいで陽菜子も騒動に巻きこまれ、禁を破る羽目になってしまったのだが、そうでなくともきっと自ら、飛びこんでいっただろう。会社と——他でもない和泉沢を、守るために。

憎めないのに憎たらしい。鞠乃の和泉沢評は言い得て妙だ。馬鹿で、呑気で、きれいごとばかりを口にして、一緒にいればいるほど腹の立つ機会も増える。それでもどうしても見捨てられない、だけでなくて強烈に惹かれてしまっている。途方もなく好きなのだ、と気づいたときにはもう後戻りができなくなっていた。

任務をまっとうするためなら家族さえも切り捨てかねない非情さのなかで育った陽菜子には、里の人間が幼稚と切り捨てる〝思いやり〟や利他の精神を信じる和泉沢が、まぶしくてしかたがなかった。貫いてほしい、と思ってしまった。そのための泥なら陽菜子がいくらでもかぶるから、と。

想いが報われなくても、かまわなかった。甘っちょろくて、お人好しが過ぎる和泉沢が、守ろうとしている優しい世界を、彼が笑っていられる世界を、守れるならばそれだけで。

と、せっかく肚《はら》をくくったというのに、陽菜子とは一生友達でいたいだなんてさんざん恋愛対象外宣告をしてきた当の本人が突如として、ずっと好きだったと言ってきたのである。しかも陽菜子に、胸倉をつかまれた状態で。

信じられる、はずがない。

だから陽菜子は、和泉沢に告げた。

「嘘でしょ、そんなの。どうせ気の迷いよ」

「ええっ⁉ 違うよ！ なんで！」

「なんでじゃないわよ。自分の胸に手をあてて考えてみなさいよ。あんたこれまでどんだけすっとぼけた態度をわたしにとったと思って……って、ほんとに胸に手をあてるんじゃない！」

「ひゃあ！」

言われたとおり素直に胸に手をあてて目をつむった和泉沢の緊張感のなさにむかっ腹がたち、そのまま昇天してしまえ！と陽菜子が突き飛ばすように手を放すと、和泉沢は後頭部を座っていた縁側に打ちつけ、転がった。

「いたた……。ひどいよ、望月。ぼく、勇気をふりしぼって告白したのに……」

「知らないわよ、そんなこと！」

つきあってられない、と陽菜子はすっかり冷めた茶をすすった。そうすることでしか、平静を保てなかった。嘘だ、嘘だ、嘘だ。と、ひたすら自分に言い聞かせた。和泉沢が陽菜子のことを好きだなんて、そんなこと、あるはずがない。真に受けてあとからやっぱり勘違いだったなんて言われたら、たまったものではない。そう思った。けれど乱れた胸元を整えながらも、和泉沢は変わらず、まなざしを陽菜子にまっすぐ注いでいた。その瞳に映る色は、これまで見たこともないくらい真剣で、しかも甘くて、やわらかい。射すくめられた瞬間、かっと全身が熱くなるほどに。

「……へたな冗談で、人をからかわないで」

そう言うのが、精いっぱいだった。

だいたい、和泉沢がこれまでつきあった子はみんな、ふわふわしていて甘え上手で、まちがっても馬鹿だのうざいだの、本人に言いつのるようなタイプではなかったはずだ。陽菜子みたいに口が悪くてかわいげのない女を好きになるわけがない、と思いこむのも当然だった。

けれどそれを口にすれば、陽菜子のほうこそ和泉沢を好きだと告白しているようなもので、こんなときでも陽菜子の忍びとしての本能は、感情が露見することを避けようとしていた。他人に本心を知られるのは何より避けるべきことだと叩きこまれてきた教えのせいで、うれしい、ありがとう、と素直に答えることができない。

和泉沢は、困ったような笑みを浮かべながら、陽菜子の隣に座りなおした。

肩が触れるか触れないかの至近距離。

その近さじたいは初めてでもないのに、急にどうすればいいかわからなくなってしまう。膝の上で握りしめた陽菜子の拳《こぶし》に、そっと和泉沢の手のひらが重なった。

「……冗談じゃ、ないよ?」

和泉沢は、陽菜子の顔を覗きこんだ。

「ぼくさ、女の子とつきあっても『思ってたのと違った』って言われてフラれてばっかだった。でも望月は、ぼくがどんなに情けなくてもそばにいてくれたでしょう」

「それはあんたがわたしの上司だったから」

「あはっ。そうだよね。でも、ただの同期だと思ってたときも、社長の息子だってわかっても、上司になってからも望月の態度は変わらなかった。いつも手厳しくて、ぷりぷり怒ってばかりなのに、ちゃんと話は聞いてくれて。何度も何度も言うけどさ、ぼく、本当に嬉しかったんだよ。この人と友達になりたい、ずっと一緒にいたいって心の底から思った」

「……ほら、だから」

「ばかだよね。ぼく、友情と恋愛が同時に成立するなんて思ってもみなかったんだ」

そう言って、和泉沢はふんわり笑う。

こんなのちがう、と陽菜子は思った。和泉沢に押されて、何も言えなくなるなんて、こんなの全然、陽菜子らしくない。こういうときどうすればいいんだっけ、と脳内で紐解くのが忍術書である自分が不甲斐なかったし、里で学んだのは己の感情を抑制し、他人をコントロールする方法ばかりで、解放して委ねる方法なんてかけらも思いつかない。

「ぼくは望月が好きだよ。友達でも恋人でも、本当はそんなの、どっちでもいいんだ。望月にはいつも笑っていてほしい。できれば、ぼくのそばで」

注がれるまなざしの熱に、どうにかなってしまいそうだった。泣きだしたい。いっそ和泉沢に抱きついてしまいたい。でもそんなのは許されることじゃない、自我をあらわにするなんてあってはならないという自制心が、衝動をすんでのところで押しとどめていた。

「望月は？　ぼくのこと、そういうふうには全然考えられない？」

「……考え、られない、ことはないけど」

咽喉《のど》からふりしぼる、声がかすれる。

「でも、……あんたこれまで、さんざんわたしに他の女の子の話してきたじゃない。それでいて最初からずっと好きだったなんて無理あるわよ」

「まあ、そうだよね。ぼくも、そうだったんだ！って気づいたときは、びっくりしたもん」

悪びれる様子もなく、和泉沢は言う。ほら、と言いつのろうとする陽菜子の声に、でもね、という和泉沢の優しい声が重なる。

「気づいちゃったもんはしょうがないじゃない？　望月はぼくにとって、友達としても異性としても特別だったんだ、って」

そう言って、和泉沢はこわばった陽菜子の拳から手を放した。

「信用してもらえないのもあたりまえだと思う。だからとりあえず、望月に気持ちを信じてもらえるように頑張るのは許してくれる？」

「頑張るって……何するの」

「そうだなあ……たとえば、もうすぐ望月の誕生日だよね。ぼくにお祝いさせてくれないかな」

「え、別にいらない。わたし誕生日とか気にしないから、祝ってくれなくていい」

「望月ってば、毎年そう言うよね。合同誕生日会しようって誘っても、全然つきあってくれないんだもん」

「小学生じゃないんだから。……って、そうか。あんたの誕生日も三月だっけ」

「もー！　それもいっつも忘れる。望月は一日で、ぼくは二十一日。似てるんだから、そろそろ覚えてよ！」

「だって……興味ないし……」

年齢とは、社会的役割を区別するための記号である。というのが里における認識だったせいで、陽菜子にはいまだに、誕生日の何がめでたいのかが、よくわからない。以前につきあっていた恋人も誕生日に重きをおかないタイプで、祝う習慣がインストールされることがなかったため、誕生日が近づくたびに飽きもせず騒ぐ和泉沢の感覚が、陽菜子にはいまいちピンとこないのだった。

「そんなに大事？　誕生日って」

「そりゃあ、そうだよ。相手が好きな人なら、なおさら」

好きな人、というフレーズにぐっと詰まるが、なんてことない顔をして、陽菜子は冷静に返す。

「……じゃあ、もしかしてあんたの誕生日も祝ってほしいの？」

「え？　望月、お祝いしてくれるの？」

「飲みにでもいってプレゼントあげればいいんでしょう？　それくらいなら、まあ」

「やったー！　……って、ちがーう！　ぼくは、望月の誕生日をお祝いしたいんだってば！」

「だったらお望みどおり合同でやればいいじゃない」

「なんだよ、その聞き分けのない子供に対する態度みたいなのは……」

そう言って、和泉沢はむくれる。

うっとうしいなあ、と思いながらも陽菜子は、つい吹き出してしまった。あれほど甘かった雰囲気は嘘のように消し飛んでしまったけれど、冗談を言いあっているくらいのほうが、今はまだ、ほっとする。

「別にそういうんじゃないけど、わたし、自分の誕生日にはほんとに思い入れないんだもの」

「望月にアピールするのも大変だなあ」

和泉沢はわかりやすくしょげてみせたあと、仕切り直すように言った。

「だったら、一か月遅れの四月にやろう。実はね、言いだしといて悪いんだけど、一日も二十一日も会えないんだ。ていうか、三月いっぱいは塞がってて」

「なに、忙しくなるの」

「来週から長期出張でデンマークに行くの。ほら、向こうって再生可能エネルギーの開発が進んでるでしょ。研究機関で勉強させてもらえることになったんだ」

「へえ？」

さらりと言うけれど、それが和泉沢にとってどれほど重大なことかわかるだけに、陽菜子の声も思わず弾む。今でこそ次期社長と目され、役職をあてがわれている和泉沢だが、もともとの後継ぎは兄である長男で、当人が家出して行方をくらませたりしなければ、研究者として祖父の興した会社を支えることこそ彼の本望だったのだ。

「よかったじゃない。せいぜい頑張ってきなさいよ」

「ちぇ。望月はクールなんだからなー」

「帰ってきたらちゃんと祝ってあげるから」

「だからそれじゃ逆だってば！」

ふたたび拗《す》ねてみせたものの、先ほどよりも和泉沢の目元は和らいでいた。

「まあいっか。望月らしいや」

その笑みに、ふたたび甘さが舞い戻ってきて、陽菜子の胸はぎゅんと締めつけられる。けれど自覚するにはまだ荷が重くて、なによそれ、と笑い返す。

「帰ってきたらさ、真っ先に連絡するね。それで、すぐに、会いにいくから」

それが、最後だった。すぐに和泉沢の祖母の華絵《はなえ》がやってきて、告白も、誕生日祝いについてもうやむやになり、

――けっきょくわたしたちって、どうなることになったんだっけ？

と、我に返ったのは、和泉沢に見送られて駅の改札を抜けたときだった。

気持ちを伝えたかっただけ、と和泉沢は言っていたものの、何も求められない告白というのは、それはそれで困るものだな、と陽菜子は思う。自分の気持ちをすぐに伝え返さなかった陽菜子もよくなかったのだろうけれど。

そうして、宙ぶらりんのまま和泉沢はデンマークへと旅立っていった。その間《かん》、和泉沢からきた連絡は二度だけだ。空港からの「いってきます」と、陽菜子の誕生日当日のメッセージ。和泉沢の誕生日は、翌日、同居人の篠山穂乃香《しのやまほのか》に言われて思い出し、盛大にため息を吐かれた。同じ里出身の忍びである穂乃香が、どうして誕生日の重大性を把握しているのかと不思議がっていると、人心掌握術のうちだとさらに呆れられた。今からでも遅くないからメールを送れと言われたが、当日でないなら翌日でも一

か月後でも同じだろうと、帰ってきてから直接言うことに決めた陽菜子に、信じがたい、というように穂乃香は言葉を失っていたが、入社以来、七年間も無関心だった和泉沢の誕生日に今さら反応するのも恥ずかしかった。

そんなふうに、うっかり存在を忘れたり、思い出してそわそわしたりを繰り返しているうちに、陽菜子は陽菜子で新しく任じられたプロジェクトの準備で忙しくなり、気づけば四月に入っていた。そういえばあいつ、いつ帰ってくるんだっけ。好きだって言われたのは夢だったかな？　と思っていたところに今日、連絡もなしに現れたというわけである。

森川の圧力を無視しきれず、鞠乃の思わせぶりな視線に渋面をつくりながらも、陽菜子は和泉沢をランチに連れ出すことにした。最初からそのつもりだったらしい和泉沢は、スキップしそうな勢いで腕をぶんぶん振ってエレベーターホールへ向かう。

「望月とお昼食べるのひさしぶりだなー。ね、なに食べたい？　最近、おいしいお店見つけた？」

「帰国したばかりなんだから、自分の食べたいものにしなさいよ。やっぱり和食がいいの？」

「うーん、そうでもないかな。毎日お米は炊いてたし、お味噌汁もつくってたから。出汁はやっぱり、正義だよね。それさえあれば染みわたるーってかんじ」

「そっか。料理はそこそこできるんだっけ」

はやくに母親を亡くしている和泉沢は、父と兄との三人で暮らす実家の家事を、中学生のころから引き受けていたという。

「簡単なものだけだけどね。それに、ゆうべはばあちゃんが寿司の出前にくわえて、煮物やら天ぷらやら大量に用意してくれたから、和食欲はけっこう満ちてるの。今はむしろ、おいしいパスタとか食べたいかも。あとは中華」

「だったら、神保町のほうまで歩けば、おいしい麻婆《マーボー》麺のお店があるわよ。並んでるかもしれないけど」

「いいねえ！　望月は午後の予定、大丈夫？　ぼくは今日お休みだから多少時間がかかっても平気だけど」

「わたしも平気。残業が確定してるから、多めに休憩とっておけって言われてるし」

「え、まだ月曜なのに？　今ってそんなに忙しいの？」

「というより、テレビ会議の時間がね……」

陽菜子たちの所属する資源開発課は海外とのやりとりが多く、大半はメールで済むものの、対面での打ち合わせが必要になることもある。できるだけ無理のない時間を設定しようとしても、時差のせいでどうしても早朝や深夜になりがちなのだった。元上司でもある和泉沢は、合点したようにうなずく。

「じゃあさ、麻婆麺は今度にして、お弁当買って千鳥《ちどり》ケ淵《ぶち》のほう行かない？　桜はほとんど散っちゃったけど、今日はあったかいから、自然のなかでごはん食べたほうがリフレッシュにもなるでしょ」

「和泉沢はそれでいいの？」

「うん！　ぼくは望月と一緒ならなんでも嬉しい」

何事もなかったようだな、と油断していたところに軽いジャブを入れられて、陽菜子はたじろぐ。けれど考えてみれば、好きだと言われるよりずっと前から、和泉沢はこうなのだった。ぼくの友達は望月だけ。望月はぼくにとって特別な存在だから、ぼくも望月にとっての特別になりたいんだ。なんて、いまどき小学生でも恥ずかしがって言わないような純朴な想いを、オブラートに包むことなく率直に、幾度となくぶつけてきた。そのつどうっとうしい！とはねかえしながらも、胸焼けするほど甘いそのセリフに、陽菜子は救われてきた。

友達でも恋人でもどっちでもいい、と言っていた和泉沢の言葉がようやくすとんと胸に落ちる。気持ちの種類がどうあれ、和泉沢は陽菜子のことが誰より〝好き〟なのだ。それは疑いようもない。

それなら、と陽菜子は思う。いきなり関係が変化してしまうようで怖かったけれど、それなら自分も同じ気持ちだと、素直に伝えられるかもしれない。そんなことを考えていると、

「あっ、望月さん！　お疲れさまです！」

出入口のゲートに立つ警備員が、陽菜子を見るなり顔を輝かせ、勢いよく敬礼した。敬礼は警備員のポーズじゃない、と何度言ってもやめない彼の胸元には「塚本《つかもと》」という名札がついている。

「お疲れさまです。珍しいですね、こんなにはやい時間に立ってるの」

「先輩が体調崩しちゃったんで、代理なんです！　あ、でもただの風邪なんで心配しないでくださいね。みなさんには影響ありません！　ぼくも元気です！」

「そんな心配、してないから」

苦笑する陽菜子に、塚本は「ですよね～！」と頭をかいて笑う。

「じゃあ、いってらっしゃい！」と、ふたたび敬礼した塚本に、陽菜子はひらひら手を振って背を向ける。初対面らしい和泉沢は、戸惑った様子で何度も塚本をふりかえ

っていた。

「知り合い？」

「ってほどでもないけど。残業した帰りに顔をあわせることが多くて、ときどき話すようになっただけ」

誰彼かまわずはりきって挨拶をする彼のことは、最初はむしろ敬遠していた。けれどいつだったか、英語を使ったテレビ電話が長引いて、終電間際にぐったりしながらゲートをくぐったときに「いつもお疲れさまです！」と声をかけられ、妙にほだされてしまったのだ。

「ぼく、体力だけが自慢なので、しっかりビルを守りますので！　安心してお仕事してくださいね！」

と、ガッツポーズをつくってみせた彼の無邪気さに、毒気を抜かれた。以来、ときおり言葉をかわすうちに同い年だということがわかり、向こうも親近感を抱いたらしい。陽菜子を見かけるたびにああして声をかけてくる。といっても、彼が声をかけるのは陽菜子に限った話ではなく、年齢や性別にかかわらず、他の社員と世間話している姿をよく見かける。森川はあの手のタイプがいちばんきらいなようで、無視を決めこんでいるけれど。

「そういえば、あんたの出張中かもね。あの人がゲートに立つようになったのは。前は、先輩にくっついて監視カメラのチェックとか巡回とかしていたらしいわ。最近やっと一人で仕事を任されるようになったんだって」

「……ふーん」

「なに？　あんまり好きじゃないタイプ？」

人を選り好みしない和泉沢にしては珍しい、と思って聞くと「べつにー」とこれまた珍しく、そっけない口調が返ってくる。まあそういうこともあるだろう、と気にせず手ごろな弁当屋を探していると、

「ごめん。ちょっと、やきもち焼いた」

そう言って、ジャケットの裾を、くいと引っ張られた。

まさか自分より二十センチ近く背の高い男に上目遣いをされるとは思わず、どう返答していいかもわからず、ソウデスカ、と無感情につぶやくにとどめる。

——たしかに、少女マンガのヒロインだわ。

森川や鞠乃が近くにいなくてよかったと、心の底から安堵する。

ワゴン販売の弁当を買うと、千鳥ヶ淵の散歩道で、空いたベンチを見つけて腰掛ける。さわさわと葉の揺れる音を聞きながら、いただきまあす、と手をあわせる和泉沢

に苦笑しながら、陽菜子も倣う。

「それで、どうだったの？　出張は」

「楽しかったよ！　向こうって、日本とは基本的な取り組み姿勢が全然ちがうんだよね。技術だけじゃなくて環境問題の専門家にも話を聞きながら、どうすれば利便性を損なわず、自然を守りながら、豊かな暮らしを追求していけるか、みたいなことを毎日みんなで意見交換して、すっごくおもしろかった」

「デンマークって、何語使うんだっけ」

「デンマーク語だけど、研究所にはいろんな国の人がいたから、英語とドイツ語がほとんどだったよ。ぼくもしゃべれるって言っても、専門用語はわからないこと多いからさー。毎日、勉強することばっかりですごく大変だった」

「よくやるわあ。わたし、英語だけで手いっぱい。通訳いなくちゃ無理」

「でもさ、言葉がわかると、微妙なニュアンスもわかるようになるから、どんどんおもしろくなるんだよね。そういえば、スウェーデンから来た研究者がいてさ。最初はぶっきらぼうで、何言ってるかわからなかったんだけど……」

興奮して、前のめりでしゃべりはじめる和泉沢を見るのは新鮮で、陽菜子は黙って耳を傾けた。資源開発課で一緒に働いていたとき、こんなふうに和泉沢が生き生きと表情を弾ませることはなかった。だんだん専門用語のいりまじっていく和泉沢の話は、正直、日本語であっても陽菜子の理解が及ばないこともあったが、それでも和泉沢を通じて知る海外のエネルギー事情と異国文化は新鮮で、何時間でも聞いていられるような気がした。

やがて和泉沢は、はっと我に返った。

「ご、ごめん。なんかぼくばっかり話して」

「よかったじゃない、実りの多い出張だったみたいで」

「うん、でも……」

不意に、しょんぼりと和泉沢がうなだれる。

「忙しくて、仕事以外のこと考えられなくなっちゃって。望月に全然連絡できなかった」

「誕生日にメールくれたじゃない。むしろわたしのほうが和泉沢の誕生日をすっかり忘れちゃって、ごめん」

「いいんだよ、そんなの！　ほんとは、何度か電話しようって思ったんだ。でも時差もあるし、望月も忙しいだろうし、我慢した。でね、そのかわり、望月のことを思いだすたんびに、おみやげ買ったの。そしたら抱えきれないくらいになっちゃってさ」

「それで部署のみんなに配ってたの?」

「うん。全部押しつけたらさすがに迷惑かなと思って。でもね、どれも望月のことを考えて選んだものだから、気に入ったのがあったらあとでちゃんと持っていってね」

「……ありがとう」

自分でも、存外に素直な声が漏れて、陽菜子は驚く。

えへへ、と笑って和泉沢は、ごまかすようにおかずを頬張った。それからしばらく、無言が続く。雨が近いのだろうか、少し湿った風のにおいが鼻先をくすぐる。歩道を行き過ぎていく人と、オオルリに似たのびやかな鳥の声がまざりあい、わけもなく穏やかな気持ちになる。

伝えなきゃ、と思う。

今はもう、疑ってなどいない。和泉沢の言葉の一つひとつが、陽菜子にはとてもこそばゆくて、真正面から受け止めるにはちょっと勇気がいるけれど——そして恋人同士になるからっていきなり関係を変えることに抵抗があるのも確かだけれど——でもとてもありがたくて嬉しいのだと、ちゃんと伝えなければいけない、と。

それなのに、勢いこんで息を吸っても、なかなか言葉が出なかった。

恋愛アンテナがぶち折れていることに関しては、おそらく陽菜子のほうがずっと重症だ。経験値としては三年以上前に別れた元恋人くらい。彼とは関係を問題なく穏やかに紡《つむ》いでいくための努力は惜しまなかったおかげで三年続いたが、今思えばそれは〝普通の人〟としてこの先を生きていくために成すべきことをしていた、という感覚に近かった。けっきょく、忍びとして任務を遂行するのと同じ手順を陽菜子は踏んでいたのだろう。交際しているあいだ陽菜子が大きく感情を乱すことは一度もなかったし、内心を曝《さら》け出すこともなかった。陽菜子からの愛情を信じきれなくなった彼が、離れていったのもあたりまえだ、と今ならわかる。

和泉沢に対する気持ちはたぶん、それとはちがう。

胸の奥からじんわりと沁みだすぬくもりも、笑っていてほしいという願いも、これまでの人生で味わったことのないもので、だからこそもてあましてしまっている。この情動を形にすることを、どこかでおそれているのも、そのせいだ。未知の感覚に身を委ねて、自分が変じてしまうのが、こわい。

けれどそれが、陽菜子の望んでいたことのはずだった。

規律に縛られた忍びとしての道を捨てて〝普通の人間〟として生きる。想いを告げるのは、そのために必要なステップなのだ。

それでも思いきれずにいるうちに、やがて和泉沢が、思い出したように言った。

「合同誕生日会、いつにしよう？　ぼくね、望月を連れていきたいお店があるんだ。今週の土曜……は、ちょっと急かな」

「夕方からなら、空いてるけど」

「ほんと？　ほんとにお祝いしてくれるの⁉」

「え、そこ？」

「だって……望月のことだから、やっぱりいやだとか言いかねないなと思って……」

「あんた、わたしのことなんだと思ってるのよ。そんなこと言うなら、ほんとにやめるよ」

「え、やだ。だめだめ！　じゃあ、土曜日ね。約束ね！」

三十一歳になったとは思えない物言いに、陽菜子はツッコむ気力もなく笑う。

そして、気づく。塚本に毒気を抜かれてしまったのは、どこか和泉沢に似ているからかもしれないと。感情をあらわすことにてらいがなく、前のめりで、裏表のない率直さ。それが、人を疑い、駆け引きをすることがあたりまえだった陽菜子を、安らげてくれる。

「そうだ。もしよかったら、その前にじいちゃんちに寄っていかない？　望月に会いたがってたし、お店はうちから歩いても三十分くらいなんだ」

「じゃあ、散歩していってもいいかもね。お宅には、四時には行けると思う」

「電車でくるなら、改札まで迎えにいくよ。わあい、嬉しいな」

その日にしよう、と陽菜子はひそかに決める。

和泉沢が喜びそうなプレゼントをちゃんと選んで、陽菜子も同じ気持ちなのだと伝えよう。関係の変化に戸惑う気持ちはいまだ抜けきらないものの、きっと喜んでくれるだろう和泉沢の笑顔を想像するだけで、心がほんのり浮き立った。


残業しないことが推奨される水曜の夜は、ここ数か月の陽菜子にとって、緊張感がもっとも高まるときだった。

千代田《ちよだ》線の大手町《おおてまち》駅、知り合いが誰もいないことを確認して女性用トイレの個室に入ると、メイク道具一式を鞄からとりだす。骨格などかたちを変えるための特殊メイクはなるべく使わず、頰の裏に綿をつめる程度で、基本的にはメイクのアレンジのみ。限られた道具と時間でどれだけ〝顔〟を変えられるか——それが大河内《おおこうち》に課せられた第一の試練だ。

大河内信正《のぶまさ》。

今年の正月に出会った、経営コンサルタントを名乗る老人で、和泉沢の祖父・與太郎の長年にわたる友人らしいが、一目で陽菜子を忍びと見抜き、なおかつ初対面で急所を狙ってきた彼に対する警戒心は、いまだぬぐいきれていない。だが與太郎とIMEの不利益になることをするつもりはない、という点だけは本当のようで、数か月前、中国の刺客として放たれた忍びとの決戦に備え、陽菜子を鍛えてくれたのも大河内だった。以来、水曜の夜と土曜の昼間に稽古をつけてもらっている。だがその関係が外部に漏れるのは互いにとって得策ではなく、カモフラージュがてら、大河内をも騙すつもりで外見を変えて出向くのが条件というわけだ。

本来であればいずれ里を率いる身でありながら、体術も勉強もすべてにおいて十人並みかそれ以下だった陽菜子が、唯一、誰にも負けなかったのが変身術だ。その気になれば頭領たる父も、幼なじみの穂乃香でさえ、別人となった陽菜子を目印なしで見つけることはできない。

とはいえ、慢心は最大の敵。得意だからこそさらに磨くべしという指導のおかげで陽菜子の変身バリエーションはずいぶんと増えた。監視をつけられていたとしても、おそらく、陽菜子が大河内の家に通っていることはもちろん、大河内の家に同じ人間が頻繁に出入りしている、という事実もつかまれていないはずだった。

不思議な御仁だ、と会うたび思う。

陽菜子と違って大河内は、一度も変身術を披露したことはない。それなのに会うたび、輪郭が異なるような居心地の悪さを味わう。どんな人間にも、傾向、というものは存在する。敵《かな》うか敵わないかは別として、クセや印象を糸口に特性を分析すれば、少なくとも負けないための対策を練ることはできる。けれど彼には、それがない。会うたびに少しずつ印象がずれていくから、実像をとらえることができない。断言できることがあるとしたら、つかみどころがない、ということだけだ。

「少しは隙が埋まってきたようだの」

と、大河内が声をかけてきたのは、背後から鋭い針を首筋の急所に向けて飛ばしてきたあとだった。

敷地内の道場で、壁にたてかけられた畳に向かって、棒手裏剣をひたすら飛ばし続けていた陽菜子は、かすかに宙を切る風の音を感知できたために避けることができたけれど、一秒でも遅ければそのまま倒れこんでいただろう。死にはしないが、意識は失う。そのギリギリのラインを常に、大河内は狙ってくる。

針は、陽菜子が狙っていた印に、ぷすりと刺さった。

化け物だ、と思いながら表情には出さず、ふりかえる。

「避けれんかったら、もうあと五百本、手裏剣投げをさせようと思っとったが、今日はそれくらいにしておこうか」

すでに一時間、同じ姿勢で投げっぱなしで、陽菜子の右腕はぱんぱんに膨らんでいる。鬼だな、と思ったのをわざと表情に浮かべて伝えるも、大河内はひょっひょっと笑うだけである。

「小春《こはる》が淹れてくれた茶でも飲みんさい。休憩したら、今日はあたしが組み手につきあってやろう」

「どういう風の吹き回しですか」

「この一か月、無心に的を狙い続けたことで、あんたの呼吸はずいぶん変わった。そろそろ、呼吸を乱す訓練をしてもよい頃合いかと思ってな」

そう言って、大河内は湯呑を載せた盆を、床に置く。半跏坐《はんかざ》で茶をすする大河内の向かいに片膝立ちで座り、陽菜子も湯呑を手にとった。

「そういえば、アフリカの政府開発援助《ODA》に関わってるんだって？」

汗をぬぐう陽菜子に、前触れもなく大河内が聞く。

「……なんで、知ってるんですか」

「そりゃあ、あんた。あたしはＩＭＥの経営コンサルタントだからね。大きいプロジェクトが動けば、耳に入るさ」

「コンサルタントってそんな個別案件に関わるような存在でしたっけ」

「油田と鉱山の採掘権をめぐって中国とやりあってるんだろう?」

「そういうことになりそう、らしいですね。うちは、地質調査と技術提供を頼まれただけなので、くわしくはわからないですけど」

レアメタルをはじめとする豊富なエネルギー源を有するアフリカ某国の、開発に協力してほしいとIMEが外務省からの要請を受けたのは、ちょうど和泉沢がデンマークに旅立ったころのことだ。いまだインフラも整わない未開の地にまず必要なのは、資金や技術の援助。今すぐ利益にはつながらなくても、いずれ油田と鉱山の採掘権を獲得できれば、IMEにとってまたとない好機となる。というわけで資源開発課に話が振られ、森川と陽菜子が担当することに決まったのだが、時間をかけてアフリカの政府と交渉してきたところに、横槍を入れる形で中国が参入を表明してきたのだった。

日本に比べて、安価かつ短い納期で仕事を請け負う中国の企業は、すでにアフリカ諸国で多くの開発実績を積んでいる。だが、地質調査に時間をかけ、安全性を確実にする日本に比べて、中国は安くて早いぶん不備も少なくない。ゆえに、アフリカ側もすぐさま中国に乗り換えることはしないだろう、が。

「あたし相手にもったいつけるんじゃないよ。日本がちんたら調査するのを中国が指をくわえて待つわけがない。自分たちに有利な交渉材料ひっさげて、契約を先獲りしようとするに決まってるさ。ＩＭＥを陥れてでも、な。使われるのはおそらく、また柳《やなぎ》。そんなこたあ、あんたにもわかっているんだろう？」

返答を避けて、陽菜子はわざとゆっくり、茶をすする。

柳――柳凜太郎《りんたろう》は以前、劉《りゅう》、という名で中国企業の刺客として和泉沢に近づき、機密情報を狙った忍びだ。そして凜太郎の曽祖父はかつて、八百葛の頭領になるはずだった男だ。だが、忍びが日陰の存在としてしか生きられぬことに疑問を抱き、これまで仕えてきた主筋をすべて捨てて独立しようと呼びかけた。そこで強固な反対にあったために里を抜けて独立した――というのは言い方がきれいすぎる。ようするに、追放されたのだ。

そうして彼は、数少ない賛同者とともに、里をもたない忍びとなった。因習や規律に縛られることも、仕える相手も選ばない、新たなる忍び集団を形成した。それが通称、柳である。

里抜けをしようとしたとき、父がむりやり押さえつけることがなかったのは、その記憶があるからかもしれないと陽菜子は思う。自分の娘が凜太郎の曽祖父のようになってしまっては彼の面目は丸つぶれなのだから。

柳は八百葛にとって、望月家にとっての恥だ。そして柳は、本来ならば自分たちが率いていたはずの里を治める望月家と次期頭領候補に並々ならぬ敵愾心《てきがいしん》を燃やしている。陽菜子たちに一矢報いるチャンスがあれば、それを見逃すはずがない。前回はどうにか食い止められたが、このまま大人しく引き下がるとも考えられず、同じ中国絡みの仕事ならば、汚名返上のためにも、もう一度挑んでくると考えるほうが自然だった。森川は何も言わないが、それがわかっているから、陽菜子を担当者に据えたのだろう。

「あんたの気質上、柳の影を感じたら黙っておれんだろう。会社……というより、与太や創に害が及ぶことなら、なおさら。そうじゃなきゃ、忍びをやめたはずのあんたが、こうしてあたしのもとに通う理屈がつかんわな」

痛いところをつかれ、陽菜子は口をつぐむ。

「忍術を二度と使わないのが、里抜けする条件だったんだろう？　霞《かすみ》が関《せき》にいるあんたのお仲間は、この状況を知って、見逃してくれるのかね」

「……知ってるんですか。あいつのこと」

「あたしはなんでも知っとるよ」

ずずっ、と大河内は聞こえよがしに茶をすする。

大河内の言うとおりだった。陽菜子は、矛盾している。忍びとしての弱点を少しでも埋めようと今さらあがいているのは、再び会社に危機が及んだときに、少しでも役に立てるようにするためだ。忍びの術は、忍びとして生きる者だけに許された秘伝で、課せられた任務以外で使ってはならないということくらい、誰より身に沁みてわかっている。

「……あたしの手下《てか》になるかね」

と、大河内は静かに言った。

「そうすれば、おそらく霞が関の若造もあんたに手は出せまい。もちろん、あたしのためにそれなりに動いてもらうことにはなるがね。里に戻るよりは、あんたの本意に添うじゃろう」

もとより、それが修行をつける交換条件だったはずだ、と大河内は瞳を鋭く光らせる。柳との一件が終わっても、修行を終える気配を彼が見せなかったのは、陽菜子に少なからず利用価値を見出していたからだろう。言ってみれば、お眼鏡にかなったというわけだ。そのうえで、改めて陽菜子に覚悟を問うている。ただの口約束ではなく本気で、大河内直下の忍びとして生きるつもりはあるのかと。

「まあ、考えてみるこった。だが、長くは待たん。いろいろ、動きそうだからな」

「……動く?」

「いずれあんたにもわかるだろう。時代は変わる。老兵はただ去るのみ……と言いたいところだが、あたしはまだまだ、終わるつもりはないんでね」

言い終わるやいなや、老人は座したまま跳ねた。

そして次の瞬間、陽菜子の背後をとって、手刀で首元を狙っていた。かわしきれず、鎖骨を打ちつけられて陽菜子は軽く飛ばされる。受け身をとる暇もなく、左の肩から思いきり床に倒れ込んだところに、大河内が上空から陽菜子を狙った。

とっさに避けるも、陽菜子の転がっていた床が、大河内の踵《かかと》でへこむのを見て、緊張感が舞い戻る。

「休んどる暇はないぞ」

そう言って大河内は、にいと笑った。

2

谷中銀座《やなかぎんざ》商店街の横道を入ったところに、三佐和《みさわ》、と書かれた薄行灯《うすあんどん》が置かれていて、一軒家のようなたたずまいの店の暖簾《のれん》をくぐると、割烹着を身にまとった女将が朗らかに陽菜子を出迎えた。

「いらっしゃいませ。望月さんですね、お待ちしておりました」

小柄な女将の背後、カウンターに座った和泉沢が顔をほころばせて右手をあげる。

與太郎が昔からお世話になっているなじみの店、なんていうから、どんなに堅苦しい料亭かと身構えていた陽菜子だったけれど、店内に一歩足を踏み入れただけで肌を包むあたたかさに、自然とほっと息が洩れる。それは、駒込にかまえる與太郎の邸宅に漂う空気とどこか似ていた。

「店、すぐわかった？」

「うん。このへん、よく来るし」

「あら。お近くにお住まいなんですか？」

「根津《ねづ》と千駄木《せんだぎ》のあいだくらいなので、歩いて二十分くらいですね」

「ええっ、そうだっけ⁉」

「知ってて選んだんじゃなかったの」

「知らないよう。なんだあ、じゃあもっとはやく誘えばよかったー」

美沙緒《みさお》、と名乗った女将にジャケットを預けて、席につく。

與太郎に別の来客予定が入ったため、店での待ち合わせにしてほしいと和泉沢から連絡が入ったのはゆうべのことだ。

正直、助かった、と思った。

敬愛する会長に会いたいのはやまやまだが、昼間は大河内の道場に行かねばならず、水曜日の様子から修行にこれまで以上の力が入ることはじゅうぶん予想できた。手下になる、とまだ決めたわけでもないのに、彼のほうはすっかりその気のようで、稽古の手粗さに服の下は痣《あざ》だらけ。トイレに行くのも億劫なほどの筋肉痛が続いている。

和泉沢に会う前に〝いつもの顔〟に戻すにも時間はかかる。

慌てていたため、ちゃんと整っているか心配だったが、和泉沢が気にしている様子はなかった。といっても、どんなに完璧な変身術をほどこしても、和泉沢はなぜか陽菜子を見分けてしまううえ、顔が違うことを疑問に思うことすらないので、まるであてにはならないのだけど。

――ほんと、つくづく変なヤツ……。

親しげに、カウンターの向こうで調理をする大将と、もう一人の若い料理人に話しかける和泉沢に、忍びの技を見破るほどの能があるとはとうてい思えない。だが、ぬるま湯に浸かってふやけたぼんくらとしか認識していなかった和泉沢を、見る目が変わったのは変身術を見破られたのがきっかけだ。

ふだんの陽菜子は、今も含めて常にウィッグをつけているし、目鼻立ちはもちろん、輪郭から髪の色まで、素顔から徹底的に変えている。けれど三年ほど前、和泉沢は、そのすべてを落とした陽菜子を見て迷いなく声をかけてきた。あげく「なんか今日、雰囲気ちがうね」の一言で済ませたのだ。

そのときの衝撃は、今も言葉にすることはできない。屈辱、でさえあった。昨年、別の女に扮した姿をふたたび見抜かれたときは、かろうじて残っていた忍びとしてのプライドをすべて叩き潰されてしまったような気がした。

だが実際は、陽菜子の術が衰えたわけでは、おそらくない。バリエーションを増やせとうるさい大河内さえ、その一点に関しては見事だなと舌を巻いているほどなのだ。それなのに、身内も騙しおおせるはずのそれが、なぜか和泉沢だけには通じない。

――和泉沢の目には、わたしはどんなふうに映っているんだろう。

よく冷えたグラスに注がれたビールが運ばれてきて、和泉沢と乾杯しながら、そのむだに整った横顔を見つめる。サイズは陽菜子よりも小さく、身長差があるにもかかわらず、座高はさして変わらず、長い足を窮屈そうに机の下にしまっている。ほんとむだだ、むだすぎる、そんなちっちゃい頭に詰まってるから脳みそもろくに回転しないぽんくらなんだ、と内心毒づくけれど、東京大学理学部を卒業し院まで出た和泉沢が、営業の能力は低くとも研究者としては優秀であることはよくわかっていた。日本を代表するエネルギー会社の御曹司という誰もが羨む立場ゆえに、苦労を背負っていることも今の陽菜子は知っている。

「どうしたの、望月。食べないの？」

「……食べてるよ。めちゃくちゃおいしくて、びっくりしてる」

たらこと白滝の山椒炒り煮。だし玉うなぎ。真鯛の桜葉〆《じめ》。筍の木の芽和《あ》え。シンプルながらも滋味深い品の数々に、陽菜子は「おいしい」以外の語彙を失っていた。一口運ぶたびに思わず嘆息をもらし、うっとりする陽菜子を大将たちが嬉しそうに見守っている。

「よかったー。じいちゃんもばあちゃんも、和食はここで食べるのがいちばんって言ってて、昔から通っててさ。今日のこと話したらめちゃくちゃ悔しがってた」

「そういえば、会長の具合はどうなの？」

年明けから発熱しがちで、今も完全に復調したわけではないのは聞いている。今日も本当は来客予定などなく、具合が悪くなったのではと疑っていた。

和泉沢は、どちらともとれない様子で曖昧にうなずく。

「まあ、年も年だからね。最近は、食欲は多少戻ってきたみたいだけど」

ちょうど、美沙緒が冷の日本酒を運んできたのでお猪口《ちょこ》に注いでやると、和泉沢は静かに息を吐いた。

「実をいうとぼく、今はじいちゃんちで暮らしてるんだ」

「そういえば、社長……お父さんと喧嘩して家を出たって言ってたっけ」

「うん。とりあえずウィークリーマンションを契約したんだけど、そのあとすぐ、じいちゃんが体調崩してさ。望月も、お見舞いに来てくれたから知ってると思うけど。ばあちゃんも落ち込んでるし、できることがあったら手伝おうと思って。でも……」

直後にデンマーク出張が入り、和泉沢は一か月も家を空けることになってしまった。その間に、会長の容態は、ゆるやかではあるが着実に悪化していったのだという。

「ぼく、帰ったらすぐ望月に連絡するって言ったのに、できなかったでしょう？　帰国した日もじいちゃんの熱があがって、バタバタしちゃって。でも本人は平気だって言い張ってるし、望月にも会いたがってるんだ。だからもしいやじゃなかったら、近いうちにまた遊びにきてくれる？」

その声に切なる響きを感じとり、陽菜子はもちろんとうなずいた。はやくに母親を亡くし、父親とそりのあわない和泉沢にとって、会長とその妻の華絵は祖父母というよりも育ての親に近い存在だ。心痛は、聞くまでもなかった。

「いつでも誘って。わたしもお会いしたいし。急でもいいから」

「……うん。ありがとう」

和泉沢は、くい、とお猪口を呷《あお》った。

「赤の他人の望月だって、こんなに心配してくれてるのに。父さんってば、全然寄りつかないんだよ。まあ、顔をあわせるとあの二人は喧嘩ばっかだから、じいちゃんの血圧の安定のためにも、そのほうがいいのかもしれないけど」

社長の座を継いで十年以上が経つ亘《わたる》は、会長とは真逆の合理主義で、長いものに巻かれるタイプ。効率よく利益をあげることが最優先で、赤字のかさむIMEを競合他社の松葉商事に吸収合併させようと目論んだ過去もあるほどで、経営方針をめぐってたびたび会長とも和泉沢とも衝突していた。

――時代が変わる、って大河内さんが言ってたのはこのことだったのかな。

和泉沢が案じているのは、祖父の容態だけでなく、IMEの行く末だろう。万が一のことがあれば、社長を止めるものは誰もいなくなってしまう。会長と志をともにしてきた重役のほとんどはすでに引退しており、唯一継いでいる和泉沢が経営者としての手腕に欠けているのは明らかで、何を訴えようと子供の戯言としか受け取ってはもらえないだろう。少なくとも社長は、会社を存続させるための道を適切に選ぶことができる。そのために大規模なリストラが起きようと、会長が唱え続けてきた〝人と人とのつながり〟が失われようと、損失を最小限に抑えることにかけて、社長には信頼と実績があるのだから。

「ごめんね、せっかくの食事なのに、暗い話しちゃって。ぼくの話はもういいからさ、今日は望月のことを教えてよ」

「わたし？」

「うん。デンマークに行っている間、考えたんだ。ぼく、友達友達って言うわりには、望月のことなんにも知らないなあって。おいしいお店を探すのが上手なことと、お酒はわりと強いこと。あとは、弱音を吐くのが下手で、仕事はいつもみんなの面倒くさがるような雑務を率先して引き受けてるのに、誰にも言わないから、抱え込みすぎてときどきパンクしてる。それから……」

「ちょ、ちょっと待って。なによ、急に」

「ぼくが望月について知ってることだよ。でもそれってさ、会社で見える部分だけなんだよね。じいちゃんに会いに来てくれるようになって、私服はシンプルだけどふんわりしたもの着るんだなあ、とか知れるようになったけど」

「ふんわり」

「ほら、会社だと望月はパンツスタイルも多いじゃない？　だから、私服もそうなのかなって思ったけど、今日も、わりとふわふわしたスカート穿いてるんだなあって意外だった」

「それは……」

穂乃香にスカートにしろとうるさく言われたから。

今日も稽古の後で家に帰ると、頼んでもいないのに洋服が一揃え用意してあった。黒いVネックの薄手のニットに、春らしいサーモンピンクのチュールスカート。歩いていくと知っていたからか、スカートの色に合わせたローヒールのパンプスに、ベージュの小さなレザーバッグ。ティファニーのブレスレットとネックレスまで指定されており、若干たじろぎつつもすべて身にまとってみれば完璧なコーディネートに舌を巻くしかない。そもそも和泉沢と食事に行くことなど話していないのに、いったいどこから聞きつけたのか。

「自分で選ぶとジーンズばっかり穿いちゃうから。友達が選んでくれてるの。美容とかファッションとかそういうの、大好きな子だから」

「あ、篠山さん？　お正月に、一緒にうちに来てくれたよね。言われてみれば彼女の趣味っていうほうがしっくりくるかも」

「穂乃ちゃんはわたしと違って、女の子らしいからね」

「えー、そうかなあ？　たしかに望月が自分で選ぶには意外だけど、篠山さんが着て似合う服って感じでもないよ？　望月によく似合ってるし、すごくかわいい」

「……それはどうも」

あんたってほんとかわいいとかそういうことすぐ言うのやめなさいよ誤解されるわよ、と照れ隠しに言い返そうとして、口をつぐむ。そうか、誤解じゃないのかと。

――この人、わたしのこと好きなんだっけ。

気づいたとたん、なぜだか急に恥ずかしくなって、首のうしろがかっと熱くなる。

「篠山さんとはそんなに話さなかったからよく知らないけど、きっと、望月のことが大好きなんだろうね」

「……なんで？」

「だって、望月のことをよく見て望月のいいところをちゃんと知らなきゃ、そんなに似合う洋服、薦められないと思うよ。あ、もしかしてプロのコーディネーターとか？　だったらあんまり関係ないのかな」

「や、プロ、ではないけど……」

ファッション研究に余念がないのは確かだろうが、穂乃香が勤めるのは、「R」という名の政財界の大物たちも集う銀座の高級クラブだ。和泉沢も何度も仕事で訪れ、アキホと名乗る穂乃香にも会っているはずなのだが、そちらの変装はまるで見抜けないらしく、いまだに同一人物だと気づく様子はない。

「まあ、わたしのことをよく見てるってのは当たってるかもね」

「長い付き合いなの？」

「大学のとき、カフェでバイトしたときに知り合って」

もちろん、嘘である。

簡単に素性《すじょう》を探られないよう、陽菜子の本籍地は里のある岐阜ではなく香川ということになっているし、改竄《かいざん》された出生記録も残されている。忍びのすべてがそこまで念の入った細工をしているわけではないが、望むと望まざるとにかかわらず、頭領娘に生まれたからには仕方のないことだった。中学まではほとんど里の人間しか通わないようなさびれた学校に通っていたし、高校は山を越えて穂乃香と同じ学校に通っていたけれど、校内で言葉をかわしたことは一度もない。二人揃って、別々の大学に通うため上京してはじめて「偶然出会った同じ高校の同級生」として表立った関係を築いたのである。

卒業後、ともに暮らしはじめてからも穂乃香とは「たまたま利害が一致して同居をはじめた友人同士」という距離感を、外では基本、貫いている。二人で遊びに行くなんてことも、近所の外食を除いてほとんどないし、元恋人には、同居人がいることは伝えていたものの、あくまでビジネスライクな関係だと言い張り、紹介することもなかった。仮に彼と結婚していたとして、祝いの席に招くこともなかっただろう。

嘘ではないが、本当でもない。明確な輪郭を誰にも見せないし、踏み込ませない。それが陽菜子たちにとって他人と接する上では当たり前の距離感だったし、とりたてて不自由に感じたこともなかったが、和泉沢相手にも線引きしなければならないのだ、ということが今さらながらに罪悪感となってのしかかった。今までは〝言わない〟で済んでいたことを、もしも友達以上の関係になるのだとしたら、嘘で覆わなくてはいけなくなる。

知ってほしい、わけではない。

ただ、和泉沢の信頼を裏切るようで、少しつらい。

「カフェかあ。望月はどんな大学生だったの？　サークルとか、入ってた？」

「地味に過ごしてたよ。サークルは、グルメ系。つくるんじゃなくて、食べて飲む専門ね。和泉沢は？」

「ぼく？　ぼくはねー、茶道と将棋！」

「会長の影響受けまくりね」

「でしょ。我ながらちょっと恥ずかしくなるくらい、おじいちゃん子おばあちゃん子なんだよね」

「あんな素敵な方たちなら、しょうがないわよ」

「えへへ。ありがとう。あ、そうだ！　ばあちゃんから望月にプレゼントあるんだった。忘れないうちに渡しておくね」

そう言って、和泉沢がとりだしたのは赤いかぎ編みの布だった。

「包装してる暇がなくてごめんって謝ってたよ。ぎりぎりまでかかっちゃって、用意するの忘れてたんだって」

折りたたまれたそれは、トートバッグだった。「あらまあ、あいかわらず華絵さんお上手ねえ！」という美沙緒の言葉で、それが手製であると知る。売り物にしてもおかしくないきめ細やかで粗のない網目。ややオレンジにも近い赤は、鮮やかながらも品があり、若々しすぎるということもなく、今日の装いにぴったり合った。

「これを……わたしに？」

「うん。ほら、最近、じいちゃんの看病で家にこもりっきりだったからさ。ぼくも出張でいなくて暇で、気晴らしにつくってたんだって。素人の品で悪いけど、って」

「そんな……うれしい。こんなの、もらったことない……」

実の祖母は、口を開けば陽菜子の出来の悪さを罵り、気に食わなければ蔵に閉じこめ、どんなに限界を訴えても訓練をやめてくれない、八百葛の山姥《やまんば》と呼ばれていたような人だ。母はいつも父の陰に隠れて静かに家事をとりしきるだけで、とくべつに手をかけられた記憶もない。手製の誕生日プレゼントなんて、正真正銘、生まれて初めての経験だった。

「どうしよう。わたし、こんなのもらう理由がないよ」

「いいんだよ。男だらけで甲斐がないっていつもよその人にあげてばかりだもん。望月の誕生日を伝えたら、生き生きしちゃってさ。何色が似合うかしら、バッグはどれくらいの大きさが今風かしら、なんて調べ出しちゃって。じいちゃんが伏せってからずっと落ち込んでたのが嘘みたいで、むしろこっちがお礼を言いたいくらい」

「でも……」

「気になるなら、今度またうちにきて、相手してあげてよ。きっと喜ぶから」

「うん。そうする。華絵さんの好きなケーキや水菓子、たくさん買ってく」

「なんか望月、ぼくが誘うより食いつきいいね？」

「え、そりゃそうじゃない？」

「なんでだよ、ひどいなあ！」

と言いながらも、和泉沢は嬉しそうだった。そして、もうひとつ長方形の包みをとりだし、テーブルの上におく。

「で、これはぼくから」

金色のリボンで包装されたそれを、うながされるままにほどき、包みを開くと中からボルドー色のケースがあらわれた。一目でアクセサリーだとわかるそれに、陽菜子はたじろぐ。

「……すごい、高そうなんだけど」

「そんなことないよ。ね、開けてみて」

戸惑いながら、拒絶するわけにもいかず、蓋《ふた》を開ける。

入っていたのは、親指の爪ほどもある赤い石を銀細工の曲線でかたどったネックレスだった。手にすると、ふだん使いしているものに比べてやや重い。だが、透きとおった石が光に反射して見せる煌《きら》めきには、その重厚感が似合っている気がした。

「きれい……」

思わずつぶやくと、和泉沢はぱあっと表情を輝かせる。

「気に入ってくれた？　女性にプレゼントするならこれがいいよって、向こうで教えてもらったんだ」

「そりゃ気に入った……けど、でもやっぱりすごく高そうだよ、これ。こんなの、もらうわけには」

「ほんとに気にするほどじゃないよ。コペンハーゲンに本社があるブランドだから、日本で買うより安いみたいだし」

「でも……わたしからのプレゼント、全然大したものじゃないんだけど」

「ええっ、ぼくにも用意してくれたの？　見せて見せて！」

こんなにいいものをもらったあとでは気がひけたけれど、あまりに和泉沢が目を輝かせるので、しかたなく紙袋を差し出す。

「ノーブランドだけど、おいしい喫茶店のコーヒー豆」

定期的にカフェインを摂取しないと集中できない、と言っていた和泉沢は、新しい部署にはミルをもちこんで、豆から挽いてコーヒーを淹れているらしい。どこの貴族だよ、と知ったときは思ったものだが、惜しげもなくふるまうので同僚たちにも好評で、お茶の時間が設けられるほど部署の雰囲気は和やかだ、と風の噂で聞いている。

「あとはマグカップ。このあいだ、会社で割っちゃったって言ってたから」

「わあ、かわいい！　これ、回転木馬？」

「そう。馬が九頭まわってるから〝うまくゆく〟ってゲン担ぎなんだって。そういうの、好きでしょう」

「うん。好き。ありがとう……！」

うっとりとマグカップを四方八方から眺めまわす姿に、念のためブランドものにしておいてよかった、と胸をなでおろす。まさかアクセサリーだとは思わなかったけれど、和泉沢のことだから安物を用意するはずがない、と予想したのが正解だった。

そっと、ケースからネックレスをとりだして、穂乃香から借りたネックレスはつけたまま——うっかりなくしたり壊したりすると後が怖いので——首のうしろで留め金をかける。手にした印象より重さは感じられず、着ている黒のVネックにちょうどおさまり、よく映えた。

「シルバーストーンと迷ったんだけど、赤で正解だったね。ばあちゃんとかぶっちゃったけど」

「ほんと、素敵。お似合いですよ」

満足げにうなずく和泉沢に、新しい徳利を運んできた美沙緒が華やいだ声をあげる。

「創ぼっちゃんが、こんな気の利いたプレゼントを女性に贈る日がくるなんてねえ。お兄さまはしょっちゅう、お店に違う女性を連れてきたものだけど、創ぼっちゃんはいっつも、ご家族で来るかお一人かのどちらかだし」

「おい、さっきから余計な口を挟むんじゃねえよ。邪魔するなよ」

乱暴にたしなめたのは、大将だ。すみませんね、と武骨に頭をさげる大将の横で、美沙緒は、いいじゃないのと悪びれない。普段だったら面倒だなと思う横やりにいやな気がしなかったのは、大将と美沙緒からの和泉沢に対する愛情が透けて見えるからだった。

「創ぼっちゃんのこと、よろしくお願いしますね」

美沙緒の口調には、客というより、親戚の子供に対するような優しさがあった。はい、と答えられない自分がもどかしい。首元で光るネックレスが嬉しいのに、全力で喜ぶことができないことも。ただ、つま先からせりあがって全身にまわるむずがゆさを、押し込めて笑うことしか、今はまだ、できなかった。

「ごめんねー。美沙緒さん、酔っぱらうとちょっとめんどくさくなるでしょ」

店を出て、珍しく千鳥足になった和泉沢が、頬を赤く染めながら言う。

客のほとんどが帰り、頼んでもいない日本酒を美沙緒がどんどん運び始めてきたころから、大将と若い料理人もハイボールを飲みだし、気づけば全員が酔っぱらっていた。修行の一環で法定年齢に達する前から酒に慣らされ、めったなことでは酔わない陽菜子も、その空気にあてられたのか、どこか気持ちが浮ついていた。

「楽しかった。連れてきてくれて、ありがとう」

珍しく素直な陽菜子の物言いに、和泉沢は一瞬、目を丸くしたあと、えへへと頬をゆるませる。

言わなければ、と思う。

こんなにも、身に余るほどの好意を向けられて、何も返さないわけにはいかない。陽菜子も和泉沢のことが好きなのだと、ちゃんと言わなければ、わりに合わない。けれど。

やっぱりどうしてもその一言が、咽喉につっかえて、出てきてくれない。

「久しぶりに飲みすぎちゃったなあ。二軒目に行ってもいいかな、と思ってたけど、もう十一時だよ。望月、タクシー使う？」

「近いし、歩いて帰るよ。夜風も気持ちいいし」

「じゃあ、送っていくよ。迷惑じゃないところまで」

迷惑を考慮するのは陽菜子のほうだろうに、とことん紳士的なやつだと呆れる。そんなふうだから、たちの悪い女にさんざん引っかかってきたのだろう、と思うが、タイプは違えど陽菜子だってたちが悪いことには変わりないのだった。

身の上を明かすことのできない忍びは、同じ里の者同士で家庭をもつことも多いが、半数以上が〝外〟の相手と結婚している。だがそのほとんどが、後継者を育てるために伴侶を里に連れ帰り、掟に巻き込む。つまり、情報を漏洩するなど裏切るようなことがあれば、制裁をくわえることを了承させられるのだ。例外は、コネクションのための結婚だ。その場合、伴侶に稼業を伏せたまま縁を結び、ひそやかに任務に活かす。育った子に見込みがあれば、やはり伴侶には内緒で、忍びにスカウトする。

里を抜けた陽菜子には関係のない話だった。だが。

——霞が関にいるあんたのお仲間は、この状況を知って、見逃してくれるのかね。

見逃してくれる、わけがない。落ちこぼれの陽菜子に、今さら忍びとしての活躍は期待しないだろうが、忍びの術を使い続ける限り、陽菜子は里に監視され利用され続ける。ＩＭＥの後継ぎである和泉沢もまた、狙われる。

里のしがらみから逃れて和泉沢と一緒になるためには——もしともに生きたいと願うのならば、陽菜子は大河内のもとに通うこともやめて、今度こそ術を封じなければならない。けれどそうすれば、和泉沢や会社が危機に陥ったとき、これまでと同じようには助けられなくなる。

できる、だろうか。

力になれることがあると知っていながら、目をそらすことが。

大河内の言うとおり、少なくとも柳の影を感じたとき、陽菜子は黙って見ていられるのだろうか。

へび道と呼ばれるまがりくねった道を、和泉沢と並んで、黙って歩く。火照った和泉沢の手の甲が、陽菜子のそれにわずかに触れた。和泉沢が緊張するのが、その一瞬で伝わってくる。その緊張を声に乗せて、和泉沢は言った。

「ぼくもすごく楽しかった。ありがとう」

ためらいがちに陽菜子の手をそっと握り、和泉沢は陽菜子の正面にまわりこむ。

「あのさ、ぼく……やっぱり望月のことが好きなんだと思う」

人気のない細い路地をただ、春の夜風が吹き抜けた。

「わかってるんだ。そんな急に態度を変えても、望月は困るだけだって。でも、こんなふうにただごはん食べてるだけで幸せで、笑ってくれるだけで嬉しいなんて思うの、はじめてで。それが友達とどう違うのかって言われたら、違わないとは思うんだけど、でも」

言うべきことを丁寧に探るように、和泉沢はいったん、言葉を切る。陽菜子は続きを、静かに待つ。

「ぼくはずっと、たぶん最初から望月のことが大好きで。それが恋愛だって気づいたからって何かが変わったわけじゃない。だけど……デンマークにいるときもしょっちゅう、望月は今なにしてるのかなあとか、声が聴きたいなあとか考えてた。その気持ちはやっぱり、前とはちょっと違う気がしたんだ」

「……うん」

「なんだろ。無意識に抑えていたリミッターが外れちゃったのかな？　警備員さんと仲良くしてるの見ただけで、もやもやっとしちゃうし」

「あれは別に、仲良くしてるってほどじゃ……」

「わかってる。それでも気になっちゃうの」

注がれるまなざしは、陽菜子の知らない熱を帯びていた。

「あー、情けないな。ぼく、中学生みたいなこと言ってるよね」

「それは今に始まったことじゃないけどね」

「ひどい！」

冗談めかして笑いあう、その気安さはこれまでと変わらないはずなのに、和泉沢の言うとおり、何かが違う。つながれた指先から伝わる温度のせい、だけではなくて。

「望月陽菜子さん。……ぼくは、あなたのことが、好きです。とても」

こわばった表情で、頰をアルコールで上気させて、いつもよりやや早口で和泉沢は続けた。

「だから、友達でも恋人でもなんでもいいから、望月のことをもっと知りたいし、一緒にいたいです」

うん、と。

考えるより先に、答えていた。

これがずっと欲しかったのだ、と思う。かすかにふるえる和泉沢の指先から伝わるこのぬくもりが欲しくて、陽菜子は里を抜けた。何をためらうことがあるだろう。とうに捨てたはずのものと天秤にかけられるようなものじゃない。陽菜子が選びたい道は、迷うべくもなく決まっている。

「……わたしは和泉沢が思うほどいい人じゃないよ。言えないことも、たくさんある」

「知ってるよ」

と、妙にきっぱりした調子で和泉沢は答えた。

「望月には何かすごく大きな秘密があって、ぼくはそれに介入できない。でも……言ったでしょう?　ぼくにとっては、目の前にいる望月がすべてだ。何者だろうと気にしないし、聞く気もない」

「そんなだからすぐ騙されるのよ」

「いいよ、望月になら騙されたって。だって、その何倍もぼくは助けてもらったもの」

そう言って、和泉沢はへにゃっと笑った。それは、好きだよ、と言ってくれたときと同じ笑顔だった。

「……もう少し、待って」

和泉沢の途方もない優しさに呑まれそうになって、嬉しいのに、どこか怯えたように声がかすれる。

「ちゃんと、言うから。わたしの気持ち。でももう少し……もう少しだけ、待っててくれる?」

陽菜子を見おろす和泉沢の表情は、街灯の逆光でよく見えない。けれどかわりに、こわごわと握る手に力がこもるのを感じた。

「それって、ぼくの気持ちはちゃんと信じてもらえたってこと?」

「そんなの、とっくに信じてるわよ」

「望月も、ぼくと同じ気持ちでいてくれるってこと？」

「だからそれを待ってって言ってるの」

苦笑すると、和泉沢はほうっと長い吐息を漏らした。

「……待つ。待つよ、どれだけだって」

声をうわずらせる和泉沢に、陽菜子はいじわるく、口の端をあげた。

「あらそう？　じゃあ十年くらい待っててもらおうかな」

「えっ、そ、それはちょっと」

「嘘よ。そんなわけないでしょ。なるべくはやく、伝えられるようにする」

「うん。……うん。待ってる」

握る手に、今度はしっかりと力がこもる。和泉沢は、空いた左手を額にあてて宙を仰いだ。

「どうしよう。抱きしめちゃいたいけど、今はまだ、だめなんだよね」

「だっ、……そうね、それはちょっとまだ、心の準備ができてない」

「うう。じゃあ、でも、手はつないだままでいい？」

「……大通りに出るまでならね」

和泉沢が、安堵とも感嘆ともつかない深くて長い息をつく。

ぎこちない様子の和泉沢と、手をつないだまま陽菜子は歩きだした。大通りに出るのを少しでも遅らせようと、歩幅が小さく、ゆっくりになっていく和泉沢がおかしく、愛しくてならなかった。

けれど、そのとき。

不意に、背後に妙な視線を感じて、陽菜子は振り返った。

人影が、さっと横切り、曲がり角に逃げこむのが見える。

あまりにあからさまなそれが同業者のものとは思えず、けれど見逃すには濃厚に漂う不審な気配に、陽菜子は眉をひそめて五感を研いだ。近づこうとする様子は、ない。息を詰めている相手の気配もありありと伝わってきて、警戒を強めているとやがて、小さな足音が遠ざかっていくのが聞こえた。

「望月、どうかした?」

「ううん、なんでもない……」

陽菜子には今でも、里の監視がつくことがある。けれど里の忍びだとしたら、あんなに下手な尾行はすまい。同様の理由で柳の一派とも考えづらい、が。

――なんだろう。いやな感じ。

あたたかな気分が吹き飛んで、静かな緊張感が陽菜子を支配する。言語化できないその感覚を、決して無視しないほうがいいことは、これまでの経験から身に沁みている。けれどそれ以上深追いすることもできず、陽菜子は不安を押し殺してふたたび歩き出した。

「長期出張？　森川さんみずから、ですか？」

週明け、出社早々に会議室に連れ込まれた陽菜子を待ち受けていたのは、来週から一か月ほど不在にするという報告だった。

「え、困る」

と思わず口に出た本音に、森川は苦笑する。

「上司にタメ口きいてんじゃねえよ」

「じゃあ言いなおします。大変困ります。だってそれ、森川さんが今やってる実務のほとんどをわたしが引き継ぐってことですよね？」

行き先は、懸案となっているアフリカ南部の、未開の某国。仕事柄、場合によっては長ければ半年近い出張を要することもあるものの、その役目を負うとしたら課長の森川より陽菜子のほうであるはずだ。

「女一人をやすやす派遣できるような治安じゃないからな。それに目的の現地査察は建前で、実際は向こうのお偉いさんとのコネづくりだ。俺のほうが適任だよ」

「それは……そうですけど……」

某国に多額の援助をするかわり、浄水施設や発電所、空港、電車といったインフラを整えるための設備を、すべてとは言わないが基本的に日本の企業が受注できるよう、外務省は数年前から交渉を重ねてきたという。受注を前提に地質調査を始めてもいたのだが、その調査会社からの機密情報漏洩が発覚したのが約一年前。中国が参入を申し出てきたのは、どうやら流出先は国内ではないらしいと実情を調べはじめた矢先のことだ。無関係であるはずがなかった。

アフリカの鉱山や油田に眠る資源は、どの国だって咽喉から手が出るほど欲しい。とくに中国は、アフリカの各国を援助しその影響力を高めており、今回も、某国の外務大臣との強力なコネクションを使って横入りをもくろんでいるという。国土交通大臣ほか、時間と予算が嵩《かさ》んでも安全性を重視したいという官僚による、日本を推す声も少なくないというのだが。

「根回しがまだ緩い、っつうことで俺が直接、現地の状況を見ながら交渉に加わることになったわけ。調査会社はうちの関連に変わったけど、内部にきなくさいのが紛れこんでるに決まってるからな」

「……賄賂をばらまいたりはしないですよね？」

「するとしてもお前に言うかよ」

睨《にら》みつけた陽菜子に、上司に向かってなんて目だよと森川は笑う。

「ま、そのへんは安心しろ。お前もよく知ってる外務省の担当者は、そういうところは清廉を貫いてらっしゃるようだからな。後ろ盾不要と豪語するご自慢の実力に期待していますよ、なんて喧嘩売られちゃ、俺だって金で茶を濁すわけにはいかない」

里を抜けた森川が、自分の能力は自分のためだけに活かすと言って憚《はばか》らないのは裏打ちされた自信があるからで、実際、会社員としてだけではなく忍びとしての有能さは、陽菜子も何度となく見せつけられている。

だからこそ、長期の不在は心許《こころもと》ない。なんて本音を見せれば、ここぞとばかりに付け込まれるに決まっているから、おくびにも出さないけれど。

「そういうわけで、俺がいない間のことは頼むな。尻尾《しっぽ》はつかめていないが、すでに柳が何か仕掛けていると考えたほうがいい。それに」

森川は横目で腕時計をちらりと見た。

「お前のお仲間も、何を企んでいるかわからないからな」

陽菜子は息を吐いた。

「仲間じゃないです。何度も言いますけど」

「なんだよ、つれないな。あいつはお前と同じ里の出だろ？　里抜けしたって言うわりには、ずいぶん仲良くつるんでるじゃないか」

「前回は、利害一致で例外的に手を組んだだけです。二度はありません。森川さんとちがって、わたしは稼業そのものがいやで里を抜けたんですから」

「そんな理屈が柳に通用するかな。元だろうが現役だろうが、あいつにとってお前が目障りであることには変わりないだろう」

「それは……そうですけど……」

「お前の事情なんて知ったこっちゃないのは俺も同じだ。お前を担当に据えたのは、柳対策だけじゃない。あいつに好き勝手させないためだ。わかってただろう、それくらい」

その名前を思い浮かべ、冷徹なまなざしを想像しただけで、陽菜子の胃はきゅっと縮む。

答えない陽菜子を無視して、森川は続けた。

「忍びだろうとただの会社員だろうとどっちだっていい。目的のために使えるもんは使え。それが仕事だ。このプロジェクトを成功させるために全力を尽くせ。それがI

MEの、ひいてはお前の大好きなぼんくらのためなんだからな」

「そんなに単純じゃありませんし、会社員としての分を超えて忍び働きをするつもりもありません。これ以上、術に手を出せば里も黙っていないし、それに」

「なんでだよ。単純なことじゃないか。術に著作権でもあるのか？　使えば、法で罰せられるのか？　ちがうだろう。里の奴らが勝手に、罰する権限があると思いこんでいるだけだ。そんなのはただの私刑《リンチ》。思考停止のまま正義をふりかざす阿呆の言うことなんか放っておけよ」

「そりゃ理屈上はそうですけど……でも、なんていうか道義的に」

「はっ、道義！」

森川は、心の底から侮蔑するように鼻を鳴らした。

「お前、本当に篠山穂乃香と同郷か？　同じ教育でここまで精神性に差が出るもんかね」

「え、穂乃ちゃん？」

「里を抜けるほどの気概があるなら、貫けよ。経緯はどうあれお前の身につけたものはお前のものだ。使いたいときに使えばいい。使えば殺されるっていうなら、返り討ちにしてやれ。太刀打ちできないならそのための能力を磨くほうに心血注げよ。道義なんてくだらないことに気をまわしている暇があったらな」

せせら笑うように言う森川が、その実、陽菜子が想像する以上に苛立っているのだろうということは肌に伝わってきた。もちろん、陽菜子のための義憤ではない。和泉沢にも通じる陽菜子の甘さが、森川には忌々《いまいま》しくてしかたないのだ。

「里は抜けたいが、仲間にはきらわれたくない。そんな半端な覚悟だからお前は弱いんだよ」

「……そう、かもしれませんね」

それだけ言うのが精いっぱいだった。和泉沢との未来を考えはじめた今の陽菜子には、いつも以上に森川の言葉が深く刺さる。

そしてふと、森川は思いついたように、なるほど、とつぶやいた。

「お前みたいな奴のために、柳がいるのか」

「え?」

「あいつら、抜け忍とみれば声をかけまくってるみたいじゃないか。せっかく里を抜けたのにまた他人とつるむなんて馬鹿のすることだ、と思って俺は誘いを断ったが。里が結束だとしたらあいつらのは連帯だ。一人じゃ里に抵抗できないお前みたいな奴には必要な互助組織なのかもしれないな。……望月。お前、柳と手を組んだほうがいいんじゃないか？」

「な……何を言ってるんですか。そんなことできるわけないじゃないですか！」

突拍子もない提案に、陽菜子はさすがに声を荒らげた。

幼いころ、お前が死ねば望月の血は俺たちだけのものになる、と襲いかかってきたこともある柳だ。信頼できるはずがなかったし、そもそも柳のほうから願い下げに違いない。

だが森川は、妙に納得した様子で何度もうなずく。

「いや、案外いい考えかもしれないぞ。今回の件が終わったらためしに接触してみろよ。あいつらからすれば、望月を手中におさめることができれば里に一泡吹かせてやれるし、俺もいろいろやりやすくなるかもしれない」

「冗談でもそんなこと言わないでください。あいつの耳にでも入ったら……！」

「だからそういうところが甘いんだよ。いいじゃないか別に、入っても。とりあえずお前はあれだな。あの男と敵対する勇気をもつのが課題だな」

「だから！」

「ま、そんな冗談はさておいて」

絶対冗談じゃない、と睨みつける陽菜子を無視して、森川はもう一度、腕時計に目をやる。つられて陽菜子も視線をやると、もうすぐ十時になろうとしていた。午後の会議の前に片づけておきたいことが山ほどあったのに、すでに夕方のような疲労感が肩にのしかかっている。

もう話は終わりでいいですか、と切り上げようとした陽菜子だが、

「とりあえずは、俺の不在をどう埋めるか、打ち合わせを始めようか」

森川は、仕切り直すように、にやりと笑う。

「……もう、始めてるじゃないですか」

「役者が足りてないんだよ」

と、森川が言うのとほぼ同時に、会議室の扉をノックする音がした。

どうぞ、と森川が声をあげると扉が薄く開いて、顔を覗かせた同僚が来客を知らせる。背後から現れた人物を目にした瞬間、陽菜子の胃はまたも縮みあがった。この野郎、と口にしたい衝動を押し殺し、森川にわざとらしく微笑みかける。

「ずいぶんと粋な演出をなさいますけど、昨今は、サプライズを嫌う女性のほうが多いので気をつけないと無残にフラれますよ」

「大丈夫だよ。相手は選ぶから」

そう言って、森川も営業スマイルを顔に貼りつけて立ち上がる。

「ご足労いただきありがとうございます。どうぞ、こちらへおかけください」

そう言う森川に、

「こちらこそ、お時間いただきありがとうございます」

と、にこりともせず、外務省からの来客――向坂惣真《さきさかそうま》は頭を下げた。

会うのはもちろん、言葉をかわすのも約二か月ぶりだった。

二歳年下の幼なじみで、関東全域における八百葛の忍びを束ねる次期頭領候補。IMEに今回のプロジェクトを持ち込んだのも、もちろん彼だ。けれど具体的なやりとりはすべて森川を窓口に行われていたため、陽菜子は同報で送られてくるメールを眺めるばかりだったのだ。森川のサポートとして陽菜子が直接のやりとりをしていたのはもっぱら、惣真のサポート役らしく控えめに隣に座っている鵜飼涼平《うかいりょうへい》という男だった。

背格好だけ見れば陽菜子と大差なく、女性のように小柄でひょろっとした彼は、松葉商事から出向してきた職員らしい。松葉商事はIMEと業務提携もしていることからプロジェクトに関わることになったらしいが、聞けば惣真よりも年の若い入社三年目。よほど優秀なのであろうことは、これまでやりとりしてきた隙のなさからもうかがいしれた。

「大臣らへの根回しはもちろんですが、森川さんには現地の非政府組織《NGO》団体と交流を深めてほしいと思っています」

と、単刀直入に惣真は切り出した。

「NGO?」

「あちらには、福祉や教育、国民の生活に直接の影響力をもつNGO団体が多数存在しています。そのなかで、巨額の有償援助を政権に利する形で使われるのではないかと懸念する声も多くあがっていますが、日本のODAはあくまで政府機関が対象で、民間組織には直接援助できない」

「なるほど。あくまで一民間企業である我々がNGOに協力する姿勢をみせることで、支持と信頼を獲得し、世論を日本側に傾かせたい、と」

「ええ。非政府組織とはいえ、彼らの行動はかなり政治に絡んでいますからね。声の大きさは無視できない。とくに影響力のある団体とは、我々も非公式ではありますがコネクションをつくっています。現地では大使館の人間に案内させますので……」

十近く年上の森川相手に、対等に話し合いを進める惣真の横顔を、陽菜子は不思議な気持ちで見つめた。あいかわらずの七三分けに、銀縁眼鏡。里にいたときとはまるで違うインテリヤクザのような風貌には会うたび慣れなかったが、こうして仕事の場で会うと、若さを感じさせない威厳を醸すのに有効なのだということがわかる。

——このため、だったんだよね。

昨年、七年ぶりに陽菜子に連絡をよこしてきたのは。

和泉沢のミスをカバーするため、掟を破って術を使った陽菜子に、釘をさす意味ももちろんあっただろう。けれど惣真は、そもそもＩＭＥを審査しようとしていた。このプロジェクトに関わり知ったことだが、惣真が接触してきたのはちょうど、地質調査の結果が一部中国に流れ、この先、受注金額や納期、技術に関する機密情報までも流出するかもしれないと危ぶまれていた時期だ。それ以上の失態を防ぐためにも、新たに調査を依頼する先は十分に精査する必要があった。

そこで思い出したのだろう。ＩＭＥには陽菜子がいることを。しかも、おあつらえむきに資源開発課——プロジェクトが発足すれば窓口になるはずの部署に。

さらに社長の息子と親しいとくれば、利用しない手はない。柳を撃退するのに陽菜子を巻き込んだのも、同じだ。そのほうが、結果的に都合がいいから。

——全部、任務のため。

打ち合わせのあいだ、必要以上に惣真が陽菜子を見ることも、言葉をかわすこともなかった。そして時間がくると、あっさり立ち去った。無駄をきらう、実に惣真らしい仕事ぶりだった。

わかっていた。森川に言ったとおり、陽菜子と惣真はもう仲間じゃない。里と一緒にその繋がりごと捨てたのは陽菜子のほうだ。一方的に逃げた七年前とは違い、つい二か月前には改めて、陽菜子は彼と決別した。それでかまわないはずだった。それなのに。

かすかな痛みが、胸を刺す。

和泉沢が隣にいるときは揺らぐことのない決意が、ほんのわずかに、ひび割れる。本当にお前はどうしようもない、クソだ、と罵る声がどこか、懐かしくて。

高圧的で口の悪い、里の象徴のような彼を陽菜子は頭領たる父親よりも苦手にしていたし、政略的にさだめられた元許婚《いいなずけ》の肩書を喜ばしく受け入れたこともなかったけれど、それでも、憎んでいたわけではなかった。一刻もはやくこの男から離れたい、と親以上に煩《わずら》わしく思うほどには、十八で里を出るまで彼のそばにいたのだし、惣真が京都大学に進学して会う機会が減ってからも連絡はしばしばとっていた。かけられる言葉のほとんどが罵声だったとしても、心のどこかで頼りにしていたのは確かだ。そんな捻《ねじ》れた愛着を、陽菜子は惣真に向けていた。

だから、再会してからのこの半年。惣真を完璧に信頼していたわけではなかったものの、それでも陽菜子は、捨てたはずのものが期せずして戻ってきたことに、安心感を得ていたのかもしれない。

ひどく矛盾した、身勝手な言い分だとわかっているけれど。

七年前に切り捨てたときより今のほうがずっと、距離の遠さにさみしくなる。こんなにも真正面から、失ってしまったものを突きつけられて。

「あれ、どうしたんですか？　望月さん、元気ないですね？」

打ち合わせが終わり、フロアの隅にある自動販売機の前で、財布を握りしめたままぼんやり立っていたところを、ビル内を巡回中だったらしい塚本に声をかけられる。

陽菜子は我に返って、光っているボタンを押した。そしてごまかすように、ガコン、と音を立てて落ちたエナジードリンクを塚本に差し出した。

「よかったらどうぞ」

「え⁉　いや、そんなの悪いですよ！」

「お互い、体力勝負ですから。わたしもつい、寝不足でぼうっとしちゃった」

そう言って押しつけ、もう一本、自分のぶんを買う。

塚本は遠慮がちに受けとった小瓶を、制服の胸ポケットに刺した。

「じゃあ……あとでいただきます。ありがとうございます」

その屈託のない笑顔に妙にほっとさせられ、陽菜子もつられて笑う。

「望月さん、今日も遅いんですか？　最近、毎日残業していますよね」

「たぶん。まあ、終電前には帰れると思いますけど。塚本さんは午前中にいるなんて珍しいですね。今日は早番ですか？」

「いえ、実はゆうべからいるんです。明け方、ゲートの番を交代して、これからぐるっと巡回したら帰ります」

「わ、それは大変。眠くないんですか」

「かわりに昼間寝てますから！」

と、力こぶをつくるように両腕を曲げてみせた塚本の顔にはクマもなく、疲労など一切感じさせない。その朗らかさに、いつものことながら感心する。

「それにしたって立ちっぱなしで疲れるでしょう」

「そうですねえ。いつも家に帰ると気を失うように寝ちゃいます。次のシフトは明日の夕方からなんで、今日は望月さんとは会えないと思ってました。だから、よかったです、ここで会えて」

「え？」

「望月さん、いっつもぼくに一言かけてくれるじゃないですか。あれ、すごく励まされるんです。いつかお礼言いたいって思ってたんですよね。それなのにドリンクまでもらっちゃって、なんかほんと、申し訳ないです」

そう言って頭をかく塚本のてらいのなさは、やっぱり和泉沢と似ていて、先ほどまでの胸の痛みが薄れていくのを陽菜子は感じた。そして改めて、これでいいのだ、と思う。

表裏のない人間の率直さに惹かれるのは、陽菜子に駆け引きが向いていないからだ。森川の馬鹿にする道義を捨てきれないのも、惣真を前にしていまだに揺れてしまうのも、情のつながりを捨てきれないからで、いちいち心を乱されるその気質はどう考えても忍びには向いていない。

柳のことも含め、惣真が何も言ってこないのは、忍びとしての陽菜子の役目がすべて終わったから。これ以上、陽菜子に協力を要請することはないし、今度こそ禁を破って術を使うような真似はするなということだ。森川になんといわれようと、陽菜子はその戒めを守り、忍びとしての自分は捨てて、望んだ〝普通〟の生活に戻るだけ。

これからはわたしも、多少は感情表現をするすべを覚えた方がいいのかもしれないなあ、と思いながら陽菜子は塚本に微笑みかける。

「気にしないでください。わたしこそ、塚本さんの元気な声に、いつも励まされていますから」

すると塚本は、想定外にどぎまぎとした様子で視線を泳がせた。

「あ、あの……じゃあ、もしよかったら今度、飲みとかに行きませんか……？」

何が〝じゃあ〟なのかわからず目を瞬いた陽菜子に、塚本は「ああ！」と両手で顔を覆う。

「ごめんなさい図々しかったですよね！　ほんとごめんなさい！」

「あ、いえ、大丈夫……ですけど」

「ほんとですか⁉」

今度は前のめりになって、塚本は顔を輝かせる。

「じゃ、じゃあ、望月さんの残業がなさそうな日に！　事前にわかればぼく、夕方までのシフトにしてもらいますから！」

「え、あ」

大丈夫というのは〝図々しい〟に対しての返答で、飲みに行くのを了承したわけではなかったのだけど、と言うのは率直すぎて感じが悪いだろうかと逡巡しているあいだに、塚本の腰につけていた無線がザザッと鳴って、イヤホンから低い男の声が漏れた。とたんに、今度はたいそう慌てた様子で塚本は飛びあがる。

「ああ、ごめんなさい、ぼくもう行かなきゃ。望月さんもお仕事中なのにごめんなさい！」

「いえ、大丈夫……ですけど、あの」

「ええと今度！　今度ぼくの連絡先お渡ししますから、空いてる日あったら教えてくださいね。ぼく、楽しみにしてます！」

「いやだから」

「じゃあお疲れさまです！　お仕事頑張ってください！」

そう言って塚本は、陽菜子の返答も聞かずにあわただしく立ち去っていく。

あっけにとられるしかなかった陽菜子だったけれど、悩んでいたことのすべてを吹き飛ばす嵐のような言動に、妙に笑いがこみあげてくる。そして、ごめんやきもち、と言っていた和泉沢を思い出し、さすがに二人で飲みに行くのはよろしくないんじゃないかと頭をよぎる。次に会ったときに話すか、鞠乃を誘ってみるのがいいだろう。

――なんか、普通のOLっぽい。

これでいいのだ、ともう一度自分に言い聞かせる。

脳裏によぎる惣真の面影をかき消すように、陽菜子はエナジードリンクを一気に飲み干した。

「あれーヒナちゃん久しぶりー元気だったー？」

どうにか二十二時前に仕事を片づけ帰宅すると、リビングのソファでくつろいでいた穂乃香に捕まった。

銀座の高級クラブで働く穂乃香とは生活時間が重なることはほとんどなく、それが同居の決め手でもあったのだけど、休みをとった彼女と月に一度くらいはこうして鉢合わせることがある。そういうときの穂乃香はたいていワイングラスを片手に飲んでいて、次の日は早いからと断っても逃してはくれない。

今日も、陽菜子が帰宅するより前から飲んでいたらしく、シンクにはすでに空になったボトルが一本転がっていた。それしきで酩酊する穂乃香ではないが、グラスが空くたび絡みが面倒になっていくのは間違いなく、やたらと陽菜子の近況を聞き出そうとする。和泉沢のことを突っ込まれては面倒なので、しかたなく塚本の話をすると、

「えーそれデートのお誘いじゃない。ヒナちゃんったらモテ期？　ボンちゃんとうまくいったと思ったらさっそく浮気？　やだー」

と、おもしろがるようにきゃらきゃらと笑った。

「いちおう聞くけど、うまくいったってなに。わたし、事の経緯は何ひとつ話してないよね。どうしてごはん行くことまで知ってたのよ」

「やだ、ヒナちゃんてば。あたし、これでも里のなかではかなり有望株のくノ一なのよ。ヒナちゃんごときが隠し事できるとでも思ってるの」

「ごときって。どうせ和泉沢本人に聞いたんでしょ。あいつ、いまだに通い詰めてたの？　今の部署は接待とかあんまりないって聞いてたけど」

「うふふ。ごめんなさいね、ヒナちゃん。ボンちゃん、ときどきあたしに会いたくなるって言って来てくれるの。やきもち焼かないでね」

「焼かないよ。焼くわけないでしょ」

陽菜子以外に女友達はおろか、男友達もいない和泉沢のことだ。気楽に話のできる相手が他にいないのだろう。相手が穂乃香なら身ぐるみはがされることもないだろうと気にも留めていなかったのだが。

「まさかわたしの話を穂乃ちゃんにするとはね」

「だってボンちゃん、これまでの色恋沙汰は全部、ヒナちゃんに相談してたんでしょう？　相手がヒナちゃんになったら誰に言えばいいの、って話よ。そこであたしを選ぶんだから、うふふ、ボンちゃんって意外なところで鋭いわよね。こうして一緒に暮らしているとも知らず」

「どうせ穂乃ちゃんが誘導したんでしょう。ほんと油断も隙もあったもんじゃない」

「かわいそうに落ち込んでたわよ。好きだって言ったのに本気にしてもらえなかったえーんって」

「それはあいつの日頃の行いが悪いからでしょうが」

「でも今はちゃんと信じてるんでしょう？　さっさとつきあっちゃいなさいよ。それがヒナちゃんの幸せだと、あたしは思うな」

ソファで肩を並べた穂乃香は、キャミソール姿でやたらとしどけなく陽菜子によりかかる。友達以上の感情を抱いていないはずの陽菜子でさえどぎまぎさせられるその色気に、和泉沢も心変わりすることはないんだろうかと、さすがにちょっと、気になってしまう。

バニラのような甘い穂乃香の香りに包まれながら、陽菜子はふっと力を抜いた。そして、陽菜子の肩にのせられた穂乃香の頭に、自分のそれをこつんとぶつける。

「……いいんだよね」

「んー？」

「わたし、忍びをやめても。今度こそ、普通の人になって、いいんだよね」

グラスを傾けながら、薄紅色のワインを揺らす。

穂乃香がどんな表情を浮かべているのか、確認する勇気はない。

「この半年がおかしかったのよ、ヒナちゃん」

そう言う穂乃香の声は、香りと同じように甘かった。

「だいたい、あたしは最初から反対だったのよ、ヒナちゃんを巻き込むことには」

「最初に術を使ったのを惣真に報告したのは穂乃ちゃんのくせに」

「だってそれがあたしの仕事だもん。でも……だからってここまで関わらせる気はなかったよ。ヒナちゃんの性格上、また抜け出せなくなるってわかってたから」

穂乃香は腕をまわして、陽菜子の後頭部をそっと撫でた。

「でもまあ、確かにあたしのせいだよね。最初の一回くらい、見逃して様子を見ればよかったんだよ。惣ちゃんと再会したら、ヒナちゃんが揺れるのもわかってたのに、わざと引き合わせた」

「……なんで?」

「惣ちゃんのことも、放っておけなかったから」

今はもうわかってるんでしょう? と穂乃香は苦笑するような吐息を漏らす。

「惣ちゃんは、ヒナちゃんを失うことを諦めきれてなかったから。取り戻せるものなら取り戻したかったんだと思う」

「……あいつの頭にあるのは任務のことだけだよ。わたしのことも利用価値があったっていうだけで」

「そういうことにしなきゃ動けない惣ちゃんの不器用さもわからないほど、ヒナちゃんはお馬鹿さんなのかしら？」

答えるかわりに、陽菜子は乱暴にワインを呷った。

ぽんぽん、と宥めるように穂乃香は陽菜子の頭を軽く叩く。

「でも今度こそ、ちゃんとお別れできたんでしょう？　まあ……仕事で会わなきゃいけなくなってヒナちゃんは気まずいかもしれないけどさ。七年前に一方的に捨てられて傷ついた惣ちゃんとこれでおあいこよ」

「穂乃ちゃんって案外、お節介だよね」

「だあってヒナちゃんも惣ちゃんもじれったいんだもーん。見ててうっとうしいし。それに惣ちゃんには次期頭領として、そろそろ次に目を向けてもらわないと。新しくお嫁さん候補も見つけないと、いつまでたっても里の目はヒナちゃんに厳しく向いたままよ？　諦めきれてないのは惣ちゃんだけじゃないんだから」

「え？」

「あったりまえでしょー？　ヒナちゃんの里抜けなんてただの我儘娘ご乱心程度に思ってる老人はたっくさんいるのよ？　あんな落ちこぼれが社会に出てまっとうな仕事ができるはずなし、大人しく惣ちゃんのヨメとして支えてりゃ忍びとしての務めを果たさなくても勘弁してやる、こんな寛大な処置はないだろう、って」

「な……なにその上から目線……」

「里の爺婆が時代錯誤の老害だってことくらい、今さら確認するまでもないでしょう。ヒナちゃんのお父さん……現頭領はさすがに大っぴらには賛同しないし、縁を切ったからには筋を通さねば戻ってくることは許さぬ、みたいな厳《いかめ》しい顔してるけど、本音は同じでしょう。ヒナちゃんと結婚しなくても、惣ちゃんを養子に迎えれば頭領筋として望月の名は残る。けど血は絶えちゃうからね。頭領にもきょうだいはいないし。まー、柳は望月の血を継いだ忍びではあるけど」

「追放された一族は論外よね」

「そゆこと。里の方針としては血筋よりも実力、家名だって本来はこだわるべきものじゃない、なーんて言ってるけど、そう簡単にわりきれるものでもないでしょう」

だからさ、と穂乃香は体を起こしてボトルをつかみ、陽菜子の空いたグラスになみなみ注ぐ。

「いいのよ、ヒナちゃん。ボンちゃんと幸せになって」

そして陽菜子の瞳を、真正面から覗きこんだ。

「惣ちゃんにはケジメをつけさせてあげたかったけど、あとは死ぬだけの老いぼれたちのことなんて知ったこっちゃないわ。気にせず、今度こそ足を洗いなさい。森川の馬鹿が何を言っても、会社員としての業務以上に手を貸してはだめ。たとえ柳が絡んできても、無視しなさい。ヒナちゃんを——一般人を巻き込まないようにするのは、あたしたちの仕事なんだから」

「穂乃ちゃん……」

日夜、丁寧に手入れされているのが触れただけでよくわかる、きめ細やかな肌のふわふわとした感触。けれどその下には鍛え抜かれた筋肉が隠れていて、無駄のない造形としての美しさがある穂乃香の肉体を、陽菜子はそっと撫でた。わたあめのようにやわらかくて長い髪の下、首筋には消えない縫合痕。肩甲骨のあいだや臍の横にも、何かに突かれたような痕が残っているのを陽菜子は知っている。慈しむように、そして詫びるように触れると、穂乃香はくすぐったそうに嬌声をあげて身をよじった。

陽菜子にだって、腿の内側に、だいぶ薄くはなったものの、太い縫合痕が浮かびあがっている。けれどそれは、里での修練中に木から落ちてできたものだ。大人になってから負った穂乃香のそれとは、痛みも意味も、まるでちがう。陽菜子はいつだって安全圏で、守られてばかり。

物真のことだけじゃない。

穂乃香を置いていくことにも、陽菜子はいまだ、揺れてしまう。……惣真と再会するまでは、ちゃんと線を引いて、つかず離れずでやっていたのに。

想いが吐息から漏れたのか、穂乃香はグラスを机におくと「しょうがない子ねえ」と苦笑して、陽菜子の髪をわしゃわしゃとかきまぜた。

「前にも言ったでしょう。あたしの今は、あたしの決断によってのみあるの。ヒナちゃんも、お願いだから迷わないで。あなたが幸せになるって決めたなら、あたしは全力で応援するし、この身をかけても守ってあげる。ま、命までは捧げないけど」

「何があっても生き延びるのが、真の忍びだからね」

「そういうこと。ふふっ、ヒナちゃんも大人になったじゃない？」

そう言って、穂乃香は朗らかに笑う。

迷うのは、詫びるような気持ちになるのは、かえって穂乃香たちに失礼だ。自分の決断によってつかみとった今を――和泉沢とともに歩む未来を選びとることこそが誠意なのだということは、陽菜子にだってわかっていた。

さみしさと同じ、ただの無責任な感傷だ。

それこそが、自由と引き換えに陽菜子が耐えなければいけない、痛み。

「ね、そんなことより、このあいだのデートのこと、教えてよ。どうだったの？　何があったの？」

「え、うーん。ネックレスはもらったけど……」

「なにそれ！　ボンちゃん、やるじゃない！　どこのどこの？」

「デンマークのブランドって言ってた。ジョージなんとかっていう……」

「ジョージ・ジェンセンか。いいとこ突いてきたわねえ。ネックレスってことはヘリテージシリーズ？　石のついてる銀細工の？」

「穂乃ちゃん、よく知ってるね？」

「あったりまえでしょー。ヒナちゃんが無頓着すぎるのよ。せっかくもらったんだからブランド名くらい調べてなさいよ」

「値段がわかるの怖くて……あんまり高いと気が引けそうだし」

「大丈夫よ。現地価格なら二、三万くらいだろうから」

「いや高いよ！　つきあってもいないのに！」

「でもさあ、ボンちゃんって不思議なんだけど、信じてもらえなかった〜とか落ち込んでたわりにヒナちゃんにフラれること想定してないっぽいのよね。あれ、もう結婚するつもりでいるんじゃない？」

「え……それは重くない……？」

「激重よね。でもまあ、いいじゃない。そういう暴走しがちなところも、ヒナちゃんは好きなんでしょう？」

「どうかな……そこそこうざいと思ってるけど……」

裏表のない率直さに救われる、とはいえ限度がある。

穂乃香は心底おかしそうに肩を揺らした。

「まあ、あんまり鬱陶しいようなら言えばいいわよ。たぶんボンちゃん、歴代の彼女に付きあいたての頃からアクセサリーとかリクエストされまくって、そういうもんだと思いこんでるだけだろうから」

「ああ、それは想像がつく」

「でしょう？　いらないってものを無理に押しつけてくるような人じゃないし、せっかくもらったそのネックレスを、ちゃんと大事にすればいいんじゃない」

そっか、と陽菜子は素直にうなずきながら、和泉沢にいつ会えるだろうかと頭のなかで手帳をめくる。森川の出張前に引き継がなければならないことが山ほどあるし、森川がいなくなったらいなくなったで、今の倍以上に増える仕事に慣れるだけでしばらくは精一杯だろう。――と。

「そういえばさ、穂乃ちゃん。森川さんと何かあった?」

「え? なんで?」

「いやなんか、今日森川さんと話してたら、急に穂乃ちゃんの名前が出てきて。なんか変な感じがしたから」

「……ヒナちゃんって、そういうところときどき鋭いね? あんぽんたんのくせに」

「え、やっぱり、あったの? 最近よくクラブに来るって言ってたよね」

「さあ、どうかな。あったとしても教えなーい」

「だと思ったけど。その言い方森川さんそっくりだよ?」

「えー? それはいやだなあ。最悪オブ最悪」

「まあ、忍びとしてのことは何も話せないだろうけど……友達として話せることは、穂乃ちゃんも話してね。わたしにできることは何もないだろうけど」

そもそも話したいこともないかもしれないけれど。

と、若干不安になりながらもうつむき加減にそう言うと、穂乃香はむずがゆそうな表情を満面に浮かべたあと、陽菜子にぎゅうと抱きついた。

「やだもう！　ヒナちゃんかわいい！　大好き！」

「苦しいよ穂乃ちゃん」

「ごめんねーヒナちゃんの五倍はおっきな胸で」

「……むかつくな」

「ヒナちゃんも困ったことあったら、あたしにちゃーんと言うのよ？　迷惑なんて考えちゃだめよ。柳を無視しろっていってても限度があるだろうし、情報がないと守れるものも守れなくなるから」

「あ……それでいうと、そういえば」

　穂乃香に言うべきか否か、迷っていたことを思い出す。

「和泉沢と出かけた帰り、誰かに尾けられてたっぽいんだよね」

「柳ってこと？」

「ううん。あまりに気配を消せてなかったから忍びとは考えづらいんだけど、実を言うと最近、会社帰りにもときどき視線を感じることがあって」

「ええ？　それはそれでヤバくなあい？　ストーカーってことじゃない？」

「どうかなあ……心当たりはないけど。撒《ま》いたはずだから家もバレてないと思うし」

「ストーカーなんて理由なく発生するもんだから、気を抜いちゃだめよ。愛情にかこつけて何してくるかわかんないし。うーん。念のため調べてみる。あと、その塚本って人のことも」

「塚本さんも？　なんで？」

「なんでってヒナちゃんは里の重大な監視対象だもん。近づく人は全部調べるよ。この七年ずっとそうだったよ。あたりまえでしょ」

げ、と陽菜子は唇を歪ませた。

「……もしかして柏木《かしわぎ》のことも？」

「ああ、元カレ？　もっちろん。でも、あまりに人畜無害だからびっくりしちゃった。報告書見た惣ちゃんも、こんな凡庸な男の何がいいんだ無能同士惹かれあうのかなんて憎まれ口叩いてたなあ」

「それこそ最悪オブ最悪なんだけど」

「大丈夫よ。ただの身上調査だったし、プライバシーまで覗きこんではいないから。あたしは全部知ってるけどね」

「それは穂乃ちゃんがむりやり聞きだすから……」

「そりゃそうよー。友達として、ヒナちゃんのコイバナは余すところなく聞かせてもらう義務がありますから。だからこれからもおんなじよ。相手がボンちゃんに変わるだけ」

「……おんなじ」

「そ。あたしとヒナちゃんは、何も変わらない。お嫁に行くまできっちり面倒見てあげるからね」

そう言って、軽やかに笑う穂乃香に、心につかえていた最後の重しがするっと溶けていくのを陽菜子は感じた。そして、はやく和泉沢に会って、もう何も問題はないことを伝えよう、と心に決める。伝えたら、和泉沢はどんな顔をするだろう。はしゃぐだろうか、照れるだろうか。想像すると、妙にそわそわした。こんなふうに他人を無条件に信じられる日がくるなんて、思ってもみなかった。

何も、問題はないはずだった。

落ち着かないのはただ、幸せに不慣れなせいだと思っていた。

けれど。

それが間違っていたことを、すぐに陽菜子は思い知らされる。

それから三日後、穂乃香が何者かに襲われ、意識不明のまま病院に運ばれたのだ。

3

玄関のドアを開けた瞬間、ざらりとした違和感が陽菜子の肌を撫でた。

廊下の向こうで、リビングの奥から灯りが洩れている。出勤前に穂乃香がキッチンの電気を点けて出るのはいつものことで、人の気配は微塵も感じられない。潜んでいる息遣いも伝わってこない。けれどなぜか、いる、とわかった。指と指の間に針を仕込んで、ふだんの足取りでリビングへ向かう。

尾けられている気配は、日に日に強くなっていた。とくに会社帰りに不穏な視線を感じることが多く、最近の陽菜子はどれだけ遅くなろうとも電車を利用するのはやめていた。一般人でも一時間歩けば帰りつく距離だ。陽菜子の足なら、疲れていても撒くためにまわり道をしても三十分あれば十分だった。和泉沢と三佐和から帰ったときを除けばこのあたりで気配を感じたことはないし、家も突き止められてはいないだろう、とは思っていたが、ＩＭＥの社内システムを覗けば住所くらいはすぐに知れる。あれだけ追尾のへたな相手だ、室内に潜んでいればすぐにわかるだろうけれど。

リビングには誰もいないことを確認すると、抜けて鞄を置きに自室に入る。乱れた様子はない、ということは穂乃香のほうか。けれど穂乃香の部屋には人ひとりくらいならすり抜けられる窓がついている。すでに逃げているかもしれない、と思いながら陽菜子は無意識に九字《くじ》の印《いん》をすばやく結んだ。息を静め、気配を落として部屋を出ようとふりむくと、

「……何してるのよ、そんなとこで」

惣真が目の前に立っていた。

陽菜子が気づいたことが意外だったのか悟られたことが癪に障るのか、惣真は陽菜子の顔から爪先まで品定めするように無遠慮に眺めまわしたあと、ふん、と鼻を鳴らす。そして、

「お前には関係ない」

と言い放ち背を向けた。その首根っこ——スーツの襟をとっさにつかむ。

「関係ないことないでしょう、ここはわたしの家でもあるんだから」

関東に出ている忍びを統括する惣真の立場上、緊急の要件で穂乃香の部屋に入ったとしてもおかしくはないが、ともに暮らし始めてからは初めてで、惣真の漂わせる緊張感が、ただごとではないのを告げている。闇に溶けやすい全身ダークグレーの装いで忍びこんでおいて、何もない、わけがなかった。いやな予感を押し殺しながら、陽

菜子はあえて、軽く聞く。

「穂乃ちゃんはどうしたの？」

煩わしそうに軽く首を振ると、惣真はするりと陽菜子の手から抜けた。抜けた、と知ったのはリビングの電気がついて、ソファにふんぞり返って座る姿が視界に映ったときだ。一瞬前までは確かにあったはずの襟の手触りを、手を開いたり閉じたりして確かめながら陽菜子はぞっとするのと感服するのとをくりかえし、やがて諦めたように息を吐いた。

「……お茶でも飲む？」

そんな労わりを思わず漏らしてしまったのは、明るいところで改めて見た惣真の横顔が、数日前に打ち合わせをしたときよりもやつれているように感じられたからだ。

返事はなく、惣真は小さく息を吐くと眼鏡をはずして、右手の親指と人差し指で鼻の頭をつまんだ。そして、棚からグラスを出した陽菜子に、静かに告げた。

「穂乃香は病院だ。命に別状はないが、意識不明」

陽菜子の、冷蔵庫にかけた手が止まる。

「今日は、あいつに預けていた資料をとりにきた。無事に回収したから、帰る。邪魔をしたな」

淡々と言って、立ちあがった惣真が玄関へ向かおうとするのを、陽菜子はまわりこんで身体でふさいだ。頭の芯がすうっと冷えて、指先が震え出しそうになるのをこらえるように、惣真の腕を強くつかむ。

「病院はどこ」

「聞いてどうする」

「どうって、そりゃ」

「面倒は、Rのママが見てくれている。お前にできることは何もない」

「でも!」

「立場上、ただの同居人でしかないお前に、穂乃香の現状を知らせる人間はいない。夜の仕事をしているあいつが家にいないからといってお前が異変を疑うはずもない。そんなことも計算できないのか」

「それは……」

「不自然に病院に駆けつけ、関係を誰かに探られでもしたら迷惑だ。じっとしていろ。それが唯一、お前があいつのためにできることだ」

うつむく陽菜子の手首を、今度はわかりやすくつかんで放したのは、従えないのなら武力に訴えることも容易なのだという脅しでもあっただろう。けれどこめられた力の強さに、惣真の忸怩たる思いも滲《にじ》んでいる気がして、陽菜子は下唇を嚙んだ。

——俺は絶対に傷つかないし、失敗しない。

幼き日、任務であろうとなんであろうと、大切な人は誰ひとり傷ついてほしくないのだと言って泣く陽菜子に、惣真は言った。当の陽菜子でさえ忘れていたその約束を、ずっと守ってくれていた。それなのに、仲間を怪我をさせるような事態を招いてしまったのだ。よりにもよって、穂乃香を。

悔しくない、わけがない。

わかっているから、責められない。

「……お医者さんは、なんて」

「数日もすれば目を覚ますと」

「誰にやられたの」

「部外者に明かすと思うか？」

冷たい言葉の響きに一瞬怯むも、陽菜子はすぐに言い返す。

「わたしも関係者よ。今回も、敵は柳なんでしょう？　アフリカの、わたしも関わっているプロジェクトのせいで穂乃香ちゃんが狙われたなら、わたしにだって協力できることはある。前回と同じ、利害一致で手を組むことだって」

「何か、思い違いをしていないか」

言いつのる陽菜子を、感情の一切が映らない瞳で、惣真は見据えた。

「よもや、いまだに頭領の娘であることを笠にきて、都合のいいときだけ俺たちに関与できるだなんて考えていないだろうな」

言葉だけで人が斬れるのなら、陽菜子の首は一瞬で飛んでいただろう。その鋭さに、首筋に冷たい汗が浮かぶ。

「利害一致？　あんまりナメてくれるなよ。半端な好奇心で首を突っ込んでくる部外者をアテにするほど俺たちは落ちぶれちゃいない」

「わたしは……半端な、気持ちなんかじゃなくて。ただ」

「この際だから、言っておく。里を抜けると決めたとき、お前は俺たちに関わる権利を失った。穂乃香を案ずるのは勝手だが、それ以上できることは、何もない」

返す言葉もない陽菜子に、惣真は口元を歪めた。

「それともいっそ、里に戻るか？　それなら頭領に口をきいてやってもいい」

目を見開いた陽菜子に惣真は、冗談だよ、と似合わない言葉を口にし、せせら笑う。

「ただでさえ変身術しか能のないお前が、七年も修練から遠ざかっていたんだ。今さら舞い戻られたところで足手まといにしかならない。穂乃香を、俺たちを助けられるなんて驕りを抱く時点で、忍びの素養を失ったことが知れるというものだ」

そう言って惣真は、音もなく陽菜子の脇をすり抜けた。

「当初の誓約どおり二度と術は使うな。業務上、顔をあわせるのは致し方ないが、それ以上の関心は互いに寄せないのが身のためだ」

その言葉が陽菜子の耳に届いたときには、惣真の姿は視界から消えていた。音もなく玄関のドアが閉じられる瞬間を目にしなかったら、どこから出て行ったのかさえ陽菜子にはわからなかっただろう。

——わかってる。

惣真の言うとおり、七年のブランクは大きい。大河内に鍛えてもらっているからといって、そもそも里で落ちこぼれだった陽菜子の伸びしろなんてたかが知れている。将来を嘱望されるくノ一である穂乃香が太刀打ちできなかった相手を、陽菜子がどうにかできるわけがない。

それでも。

——いいのよ、ヒナちゃん。ボンちゃんと幸せになって。

いつだっていちばん近くで陽菜子を見守り続けてくれた穂乃香の微笑を思い出し、陽菜子はきゅっと拳を握った。

心配と動揺をおくびにもださず、翌日の仕事を普段どおりに対処できたのは、鍛えられた精神力のおかげ、などではなくて、ただひたすら穂乃香が自分を見たらなんというだろうと考えていたからだった。

――だめじゃないのーヒナちゃん。あたしがやられたくらいでそんなとっちらかっちゃ。いくら忍びをやめたからってそんなダサい友達をあたしはもった覚えはないわよー？

手が止まりそうになると必ず、そんな彼女の叱咤が聞こえてくるような気がして、無心になって仕事を進めた。

森川に声をかけられたのは夕方、社員食堂でぼんやりしていたときだ。仕事以外のことを考えないよう気合を入れすぎたせいか、昼食をとることも忘れていた陽菜子は、コンビニで買ったおにぎりをかじりながらコーヒーをすすっていた。

「篠山がやられたらしいな」

忍びの吐息でささやき、森川が陽菜子の向かいに座る。十五時以降は食事の提供がなくなるため、閑散とした休憩所と化す食堂は、盗聴される心配も唇の動きを読まれる危険も少なく、社内でもっとも密談に適した場所だった。

「なんで知ってるんですか」

惣真から聞いたに決まっていたが、いちおう聞く。森川も、答えず続ける。

「向坂には、お前を巻き込むなと言われたんだが。本当に今回の件からは外されているのか？」

「今回だけじゃありません。何度も言ったじゃないですか。わたしは里を抜けた身で、もう仲間じゃない。基本的に彼らの任務にはノータッチです」

「……何をそんなにふてくされてるんだ」

「別にふてくされてなんかいませんけど」

「そうか？　心配もさせてもらえないなんてつらーい！って顔してるぞ」

わかってるくせに聞いて嘲笑《わら》うのは、陽菜子のもっとも嫌いな忍びの習性の一つだった。里が違ってもその趣味の悪さは共通しているんだな、とうんざりする陽菜子の前で、森川も弁当をとりだし箸を割る。

「まあ、向坂の言うなりになる理由は俺にはないからな。望月とは情報共有しておいたほうが都合がいい。だからしゃべる。いいな？」

「……はい」

「今回狙われたのは向坂だ。向こうの政府に提出するための地質調査の結果や、インフラ整備にかかる費用《コスト》の目算、提供できる技術の詳細をまとめて共有していただろう。あれが、奪われそうになったらしい」

「ということはやっぱり、中国の」

「だろうな。篠山が奪い返して事なきを得たが、ずいぶん手ひどくやられたらしい。クラブRで向坂と合流したとたん、倒れてそのまま運ばれたそうだ。細長い鈍器みたいなもので後頭部を殴られたってのが医者の見立てだが」

「細長い鈍器……」

つぶやきながら、はっと気づく。

柳一派によるIME侵入を食い止めようとしたとき、陽菜子の相対した忍びが鉄扇《てっせん》をふりあげて襲いかかってきたことを。

「心当たりがあるか」

「……ええ、まあ」

たしか、〝すず〟と呼ばれていた細身の少女。陽菜子に隙を突かれて倒される程度には未熟さの垣間見える相手だったが、動きは俊敏で、己の身の軽さを補うように緞帳な武器をくりだしてきた。鉄扇もそれほど大きなものではなかったが、閉じた状態で殴りかかれば、かなりの威力になるはずだ。戦国の世と違って現代の忍びは、隠蔽の困難な物理攻撃を避けるのが常だが、感情の抑制が苦手に見えた彼女なら、意識を失わせるほどの殴打も状況によってはやりかねない。

そう伝えると森川は、なるほどな、とうなずいた。

「あいつらも焦っているんだろう。俺は予定どおり、来週水曜の深夜便でアフリカに発つ。到着次第、担当者に直接、資料を渡すことになっているが、中国側に求められている提出期限も同じだろう」

「森川さんが向こうに着くのは……」

「日本時間で木曜の深夜。空港に迎えが来てそのまま官邸に連れていかれるから、遅くとも木曜の朝までには資料を手に入れたいはずだ」

そうして、ＩＭＥよりわずかでも有利な条件を載せて、渡す。今回の資料ですべてが決するわけではないけれど、今後の交渉に大きく影響することには間違いないのだから。

「俺がどうしてここまでお前に話すかわかるか？」

咀嚼音《そしゃくおん》が吐息とまざらないよう、器用に舌を使い分けながら、森川は言う。

「向坂に渡していたのは紙の資料だ。こうなったからには、あいつは常に持ち運ぶだろうし、いかに柳といえど奴から奪うのはそう簡単じゃない」

「具体的な数値を閲覧しているのは向坂だけだ。拷問したって鵜飼から情報は抜けないよ」

「鵜飼さんは……」

となれば。

その先は言われずとも想像はついた。

次に狙われるのは、ＩＭＥの保持している一次データだ。

「水曜の深夜、でしょうか」

「だろうな。柳だとすれば俺の存在を知っているから、不在は好都合だろう。そうでなくとも、そのタイミングで奪われてしまえば俺たちには手の打ちようがない。用意した資料を、負けるとわかって提出するしかなくなってしまう」

それを防げ、と森川は言っているのだった。里とどんな誓約をかわそうが、陽菜子にどんな貫きたい道義があろうが、そんなものは森川に関係ない。プロジェクトに関わる部下として、なんとしてでも資料を守れ、と。

「非常に不本意で不安だがな。あとはお前に任せるしかない」

空になった紙パックの弁当箱を、器用に畳んで森川は席を立った。

「そのかわり、篠山の様子は俺が見てきてやる。お前は病院に近づくこともできないんだろう?」

「え、森川さんが? どうして」

「行きつけのクラブでいつも指名するホステスが入院したんだ。見舞ったって不自然じゃない」

交換条件としては大して意味をもたないことをして、森川にいったいなんの得があるのか。という意味だったのだが、それ以上追及するのはやめておくことにした。やっぱり森川と穂乃香の間には何かあるのでは、とふたたび疑念はかすめたけれど、今はどうでもいいことだ。

目を覚ましたあとで、直接、穂乃香に聞けばいい。

穂乃香はきっと、すぐに帰ってくるはずだから。

「できれば、穂乃ちゃんの寝顔、写真にとってきてくれませんか?」

「ああ? 写真?」

今はただ、いつもの減らず口が聞けなくても、妖艶な笑みが見られなくても、無事に眠っている姿だけでいいから、見たかった。

「よろしくお願いします」

深々と頭をさげると、珍しく殊勝な態度に驚いたのか、森川は小さく目を見開く。

そして、いっこうにあげられる気配のないその後頭部を、ぽんぽんと叩いた。慰めにしてはやや乱暴だが、乗った飛行機が落ちるんじゃないかと心配になるくらい、それもまた珍しい仕草だった。

自分の能力なのだから、里に遠慮などせず、自由に使えばいい。と、森川は言う。けれど陽菜子にはどうしても彼のように思い切ることはできなかった。もっとも、そんなふうに悩まずにいられる性格だったら、里を抜けようなんてそもそも考えなかっただろうけれど。

陽菜子には、里を抜けてまで忍びを続けようという気概はなかった。里という後ろ盾を失って通用するような能力をそなえているとも思えなかった。

けれど術を解禁してからのこの半年、拙いながらも術が功を奏し、大河内のもとで少しずつではあるが腕が磨かれていくことに、高揚感を覚えないといえば嘘になる。里の、情のない古い気質は吐き気がするほど嫌いだった。でもだからといって、穂乃香や惣真とともに修行に励んでいた里での日々すべてを憎んでいたかといえばそうではない。

——里に戻るか?

惣真の誘いは、たぶん半分、本気だった。陽菜子も少なからず、揺れた。けれど今さら、頭領に頭をさげる気にはなれなかった。陽菜子が何より憎んでいるのは、あの父なのだから。

それでも土曜の朝、大河内の道場に行く前のウォーミングアップに、陽菜子は日の出前に目を覚ました。ストレッチに筋トレ、ランニングに徒手格闘。三時間かけて丹念に行われるそれは、里を抜けたあとも続けていた基礎体力の維持とは明らかに質の異なるもので、忍びの道を捨てた者のすることではない。

そんな矛盾をもてあましながら新しい〝顔〟をつくっていると、和泉沢から電話があった。

「今日はじいちゃんも元気だから、お昼ごはんでも食べにこない？」

と、ひどく恐縮した様子で和泉沢は言った。

朝は調子がよくても夕方になると寝込む、ということが往々にしてあるようで、幾度となくキャンセルとなった来客予定の数々に、会長は不機嫌を募らせているのだという。そういう事情なら大河内も理解してくれるに違いない、と踏んで陽菜子は誘いに乗ることにした。中途半端な気持ちで大河内の前に立つのがおそろしくもあったから、ほっとしてもいた。

「ごめんね、土曜の朝っぱらから来てもらっちゃって」

約束した十一時ぴったりにインターホンを押すと、電話と同じく恐縮した様子で和泉沢が姿を現す。陽菜子は首を振って、穂乃香の部屋からくすねてきた、店の客からもらったらしいチョコレートを差し出した。

「こちらこそごめん、家にあったいただきものしか持ってこられなかった」

「そんな、気を遣わなくていいのに！　今朝の今で手土産なんて用意できるわけないんだから」

でもありがたく頂戴します、と受けとる和泉沢の〝変わらなさ〟に心がしゅるりとほどけるのを感じる。けれどその安心感に身を委ねそうになると、脳裏に、陽菜子には何も期待していないというような惣真の突き放したまなざしと、最後に言葉をかわしたときの穂乃香の笑顔が浮かぶのだった。

華絵への挨拶も早々に、会長の寝室へと向かう足どりが重くなる。

道場には行かずに済んだが、どんなに隠していても会長はきっと陽菜子の迷いを見抜くだろう。

――あなたの優しさは弱さだが、同時に武器でもあるんじゃないかね。

以前、会長はそう言ってくれたけれど、今の陽菜子は弱いばかりで、何ひとつ武器に宣言してください。大事な人たちを守りたい、そのための力がほしい、と彼に宣言しておきながら、優先して大事にすべき人が誰なのかも見えていない。後退するばかりの情けない自分を、これ以上晒したくなかった。

年明けには紅白飾りのついた花が飾られていた廊下には、白と黄を基調にした春らしい花々が生けられている。思うように遊興することのできない夫のために、華絵はことさら躍動感のある装いで彩ったのだろう。そうすることでみずからを鼓舞する意図もあるかもしれない。

守るとは、そういうことだ。と陽菜子は思う。

悲しみも胸の痛みも見ないふりをするのではなく、受け止めたうえで相手を癒す力に変える。和泉沢も、そう。そんな優しさと強さが、陽菜子も欲しかった。

「失礼いたします。会長、お加減はいかがですか」

「ああ、いいよ。堅苦しいのはなしで。入りなさい」

扉は洋装だが、開けると室内は和の空間だ。畳敷きの部屋の中央に置かれた脚のないベッドで、会長は上半身を起こして陽菜子に手招きする。床の間には、大ぶりの桜が飾られていた。

「きれいだろう。庭のを、折ってもらったんだ。なかなか縁側にも出られなくてね」

いつものように鷹揚に笑うが、急速に弱っているのが明らかだ。二月に見舞ったときも痩せた姿を案じたものだが、そこからさらに生気が抜けてしまっていた。五月が近づき肌寒さとも無縁になってきた日に暖房をつけているのも、体温が下がっているからだろう。だが、過剰に心配することをこの人は望まないはずだ、とすぐに気持ちを切り替える。肉体的には衰えていても、瞳に宿るその色は、陽菜子など及びもつかない聡明さと覇気に満ちている。

「急に呼び立てて悪かったね。今日は大河内のところに行くんだったろう?」

「ご存じでしたか」

「そりゃそうさ。安心しなさい、彼には私から連絡しておいたから。遅れて咎められることはない」

「お気遣いありがとうございます。先ほど電話したんですが、繋がらなくて」

「たぶんあとから来るはずだよ。出くわしたくなければ、昼を食べたら早々に創と出かけることだね」

「そうします。道場以外でお目にかかりたい方でもないので」

遠慮のない物言いに、会長は朗らかに笑う。そうしてすすめられるまま、陽菜子は脇の座椅子に腰かけた。

「ずいぶんとしごかれているんじゃないのかね。あの人は偏屈で遠慮がないから」

「そのほうが助かります。会長とは、長いおつきあいなんですよね？　兄弟分だって、うかがいました」

「あの人のお父上の開いていた道場に、幼い時分は通っていたんだよ。陸軍の学校で先生もされていてね。私は剣術も道術も不得手だったが、精神はずいぶん鍛えられた」

「陸軍……」

九十近いはずの大河内は、会長以上に矍鑠《かくしやく》としていて、動きも軽やかで敏捷《びんしよう》だ。忍びではないが忍術はひととおり習った、と言っていた彼の言葉が本当ならば、思い当たるふしは一つだけだった。

——陸軍、中野《なかの》学校。

戦時中、諜報戦に特化した精鋭部隊を育てるべく、設置されたスパイ養成機関。当時の大河内は軍人になるには若すぎたはずだが、父親が教鞭をとっていたのがそこであるのなら、スパイとしての技術を仕込まれていてもおかしくはない。大河内を後ろ盾にすれば惣真も手出しできないというのも、その背景をもつならば納得できる。

「いない人の話はこれくらいにしておこうか。久しぶりに、一勝負どうだい」

「お身体に障りますよ」

「退屈で倦《う》むほうが身体に悪いさ。そこに置いてあるのをとってくれるかい」

そう言って、会長は座卓に置かれた折り畳みの将棋盤と駒を示した。いつでも手にとれるよう枕元に置いていたらしいが、自室で暇を持て余した会長が、目を覚ますたび詰将棋に熱中するので、華絵が手の届かないところへ置いてしまったらしい。

ということはつまり、わずか数歩のこの距離も、歩くこともままならないのか。と、よぎる不安を打ち消して、陽菜子は年季が入った盤を会長のひざ元で広げた。贅沢に漆で深く文字が塗りこまれた駒の上等さに対し、傷だらけで脚つきですらない盤の不均衡が陽菜子は好きだった。きっと思い入れのある品なのだろうと、会長の人柄を感じさせるものだから。

「創とは、変わらず親しくしてくれているんだろう？」

静かな部屋に、ぱちりぱちりと駒の音が響く。

最初は、様子見。

歩を進め、ときに銀や桂馬を動かしながら、相手の懐に一歩一歩、入っていく。

「あなたがそばにいてくれるなら、私も安心だよ」

「そう……でしょうか。面倒に、巻き込むだけのような気もしますけど」

「それは逆だろう？　里を捨てたはずのあなたが大河内のもとに通うようになったのは、もとはと言えば創のせいだ。あの子があなたを、巻き込んだ」

いや、と首を傾げて会長は飛車先の歩を突いた。仕掛けの手筋だ。保たれていたはずの距離が、少し、縮まる。

「その大元をたどると原因は私だね。あなたはすべて会社のために……私の意思を守るために動いてくれた」

「わたしが会社に入ったのは、会長のお言葉に感銘を受けたから、ですから」

――人を踏みつけにした上には幸福も成功も生まれない。

里で叩きこまれたのと真逆の言葉を、てらいなく口にする会長に陽菜子は打たれてＩＭＥへの入社を希望した。

――人が働き金を稼ぐのは自分を幸せにするためです。そして自らを幸せにできない者に、他人を幸せにすることなどできはしない。私は、従業員の皆さんが幸福に働き、かつ社会貢献できる企業であることをめざしています。

その信念を体現するように、ＩＭＥの福利厚生は充実している。だが全盛期ほどの収益はなく、社員を手厚く遇するほどに赤字はかさみ、きれいごとばかり言ってはいられないのも事実だ。和泉沢の父でもある社長が会長の理想論に反発し、短期的かつ確実な収益増のプランに手を出そうとする気持ちも、だから、わからなくはない。もしかしたら松葉商事による吸収合併を止めず、流れに任せていたほうが、一時的に首を切られる社員は増えても、長期的に考えれば損も少なかったのかもしれないと思うことはあった。

会長に添うため動くのが、ただの感情論であることは陽菜子にもわかっている。

「今度は、何をお悩みだね？」

陽菜子の施した小手先の守りなどあっさり破られ、飛車を成りこんで陣に入《い》られる。

陽菜子は苦笑した。

「会長はなんでもお見通しですね」

「将棋の手にはすべて出るからね」

「会長の意思を……会社を守ることに迷いはないんです。その手段が問題なだけで」

森川の指示どおり、会社に侵入してくるであろう柳の一派から、データを守ろうとすることは一社員の分を超えている。いや、守るために社内で見張るくらいはいい。けれど退けるために術を使うのは忍びの仕事だ。使うのであれば、陽菜子は忍びに戻る覚悟をしなくてはならない。戻らないなら、対立する肚をくらなくてはならない。惣真の言うとおり、これで最後と言い続け、頭領娘の立場を利用しながら、ずるずると例外を作り続けるわけにはいかないのだ。

「大切なものを守れるかもしれない力がこの手にあるのに、自分の自由のために黙って見過ごすことが、果たしてわたしが本当に望んでいたことなんだろうかと。……わからなく、なってしまいました」

自分に、里と対立するまでの肚はくくれないこともわかっている。和泉沢や会長の理念だけじゃない。穂乃香や惣真だって陽菜子の大切な、守りたいもののうちなのだ。

これまでは、彼らの任務の内側を知る機会がなかったから平気な顔をしていられた。陽菜子などが心配せずとも二人は大丈夫なのだと信じられていた。知らず、穂乃香に増えていく傷痕のことも、それくらいは、と見て見ぬふりができたのだ。

けれどそうではないと知ってしまった今、守られているだけの身が歯がゆかった。病院に駆けつけることも許されないのが悔しかった。自分が里を抜けると同時に捨てたものの大きさを今さらながらに思い知らされて。

陽菜子にはもう、見て見ないふりはできない。森川の頼みを無視することもできない。そんな強さはそなえていないし欲しいとも思えない。

だから。

本当は、答えはもう決まっているのだ。それでも思いきれないのは、その道を選んでしまったら諦めざるをえない――次に捨てなければならないものへの未練が大きすぎるから。

「難儀な人だねえ」

と、会長は薄く笑った。

「もっと利己的に生きられたら、楽だろうに。忍びとは本来、そういうものだろう？あなたたちの主への忠義は、武士サムライのそれとは違う。あなたたちにとってもっとも大事なのは本懐を遂げることで、そのためにはときに主からの命も二の次になる。あなたの本懐を遂げるため、あらゆる横槍を無視するのはむしろ、道義に適っているんじゃないのかね」

「……そうですね」

心を刃で切ると書いて、忍。

無我となって妄執を捨て去り、極限状態でも泰然として勝ち抜く。情に惑わされる人心ではなく、正義を貫く道心をもって。その忍びとして望まれるありかたを陽菜子なりに貫くのならば、必要なのは術ではなくて里を――陽菜子を縛る掟を本当の意味で捨てることなのかもしれなかった。

――でも、どうやって？

いつのまにか囲いが崩されはじめていた。ふう、と息をついて陽菜子は膝に両手をおく。

だが、まいりましたと言おうとした陽菜子を、会長が手ぶりで制する。

「勝ち目がないと知れるとあっさり引くのは、あなた方の悪いくせだね」

「え……」

「生き延びるために抗《あらが》うのもあなたたちの本来だろう。そんなに簡単に、諦めてはだめだよ」

「いやでも……ここから挽回するのはどう考えても」

「そうだろうか。必死で考えれば、活路は見いだせるかもしれないよ。あなたが信じている以外にも、きっと道はある」

「……会長」

「常識や倫理観の隙間を自由に泳ぐのがあなたたちだと私は思っているからね。これは宿題にしておきましょう。次に会うときまでに、手を考えておきなさい」

盤面を、脳に刻みこむように見つめる。

どう抗ったところで、遅くとも六手先では詰むとしか陽菜子には思えない。だが、駒をもつしわがれた会長の細い指先を見て、わかりましたと素直に応じる。次の約束をするのは、会長のためでもある気がした。

「悪いが、ちょっと横にならせてもらうよ。大河内がきたら、遠慮せずに部屋へ来るように伝えとくれ」

そう言って会長は、腰にあてていた枕に頭をのせて沈みこんだ。

先ほどまで瞳に宿っていた華々しい光が灯りを消すようにぱちんと消えて、かわりに虚ろなけだるさにとってかわられる。

陽菜子が返事をするより先に弱い吐息をたてて眠りについたその姿に、胸が不穏にざわめく。肩まで布団を掛けなおすと、見てはいけないと知りながらも陽菜子は畳に座り直し、手指をそろえ深々と頭をさげた。

「ネックレス、してくれてるんだね」

華絵と三人で昼食を囲んだあと、いつものように縁側で和泉沢と肩を並べながらデザートを頬張る。誕生日に贈られたバッグを持っているのに気づいた華絵は大喜びで、会長と将棋勝負をしている間にスコーンを焼きあげてしまったらしい。お重に美しく詰められた花見弁当をふるまわれたあとでは――もちろんそれも華絵の手製であいかわらずの腕前に舌をまくしかない――胃袋も悲鳴をあげていたが、どっしりした見た目のわりにさくさくと軽いスコーンはミルクティにもよくあい、気づけば二つ三つと平らげてしまっていた。

「バッグとあわせると、ぴったり。どちらも気に入ってる。ありがとう」

「よかったあ。つきあってもないのにアクセサリーなんて重いかな、ってちょっと思ったんだけど」

「さすがに気づいたんだ？」

「え、やっぱり？　望月も重いって思った⁉」

「びっくりはしたけど、でもまあ、和泉沢が重いのはデフォルトだから」

「……それって安心していいもの？」

眉を顰《ひそ》めながら和泉沢は、縁側にはあまり似合わないティーポットから、陽菜子のカップにお茶をそそぐ。このあと道場に呼び出されたら、動きの鈍さに張り倒されてしまいそうなくらい、腹が重い。だがまあ、そういう状況でも動けるすべを見つけることも大事かもしれない、と廊下の向こう、遅れてやってきた大河内のいる会長の寝室を見やる。

「それにしても、こんなにおいしいものばかり食べて、和泉沢はよく太らないわね」

「ぼく、夕飯はあんまり食べないからね。仕事や研究に熱中すると、食べることそのものを忘れちゃうし。そういうときは、ばあちゃんたちも放っておいてくれるから」

「過集中なところがあるもんね」

「あ、バレてた？」

「みんな知ってるわよ。いったん何かに没頭すると、まわりが何言っても全然聞いてないし。耳栓いらずで羨ましいってまりちゃんともよく話してた」

「そういえば今の部署でも、気づくとデスクまわりにポストイットがいっぱい貼られてるんだよね。メール確認してくださいとか、電話がありましたとか。……みんな、気を遣ってくれてるのかな」

「でしょうね」

「うう、申し訳ないなあ」

「いいんじゃないの。それで通用してるなら」

「でも……きっと人をまとめるには、それじゃだめでしょう？」

不意に、遠い目をして和泉沢は庭園に敷かれた枯山水を見つめた。

「望月にも、わかったよね。じいちゃんはたぶん、長くない」

うなずくことも否定することもできず、陽菜子は和泉沢と視線の先をそろえて庭を見やった。会長の好みでかたどられた石の泉に潜む雌伏《しふく》の龍は、一代で会社を大きくした彼の野心の表れでもある。だが、どんなに爪や牙が鋭く他者を圧する力があっても、龍とて永遠には生きられない。

「最近、じいちゃんとよく話すんだ。このままじいちゃんが死んで父さんが全権を握ったら、松葉商事との合併話は遠からず再燃するだろうし、利益重視の改革が推し進められる。じいちゃんに賛同している重役たちも若くはないし、父さんも間違ったことを言ってるわけじゃないから、半数は味方しているし。……防ぐためには、じいちゃんの持ち株をぼくが譲り受けるしかない」

それはすなわち、和泉沢の決定権が社長を上回り、座を交代せざるを得なくなることを意味する。陽菜子は、茶化すように笑った。

「想像できないね、和泉沢が社長になるなんて」

「ぼくもだよ。サマにならないし、みんな不安になるよねえ。だからまあ、そしたら大河内のじいちゃんがサポートにつくことになると思うんだけど」

あの人も歳だからなあ、と聞かれたら蹴り倒されそうなことを言って、和泉沢は頭をかく。

「でも今のところ、会社とじいちゃんの理念を守るためにはそれしかないんだ」

そう言う和泉沢の声に迷いはなく、横顔の凜々しさが今の陽菜子にはまぶしかった。

けれど陽菜子が何かを言おうとした瞬間、和泉沢の表情は、いつもどおりへにょっとゆるむ。

「なーんてね。まあ、じいちゃんもまだまだ頑張る気でいるし、取り越し苦労だったらいいなあとは思ってるんだけど」

「……そうね。まだ先の話よ、きっと」

「でも、望月には伝えておきたかったんだ。今すぐじゃなくても、いつかはそういうことになると思うし……そうなったとき、望月にとっても無関係な話じゃないといいな、ってぼくは思ってるから」

さらりと言われ、陽菜子は言葉に詰まる。いつものように頬を赤らめ、もじもじ身体をくねらせてくれていれば「ばっかじゃないの」と軽く返せるのに、今日に限って和泉沢には照れも気負いも見られない。

陽菜子の沈黙をどう受けとったのか、横目で覗き見た和泉沢の表情からは読みとれなかった。ただ、無意識に胸元の石をいじっていた陽菜子の指先を見て、甘く微笑む。

「そういえばその石、カーネリアンっていうんだって。つけてるだけで元気をくれるらしいよ」

「パワーストーンってやつ？」

「うん。それもあって、シルバーじゃなくて赤いほうにしたの」

縁側に注がれる太陽を受け、石は透きとおった輝きを放つ。

「臆病さや不安を遠ざけて、勝利を呼び込む幸運のお守りなんだって。それを聞いたときさ、ぼくにとっての望月みたいだなあって思ったの。あ、もちろん、望月にも幸運が舞い込みますように、元気になりますように、って意味もあるよ？　でも、ぼくは、望月が隣にいるだけでいつも元気になるから」

「……あいかわらずこっぱずかしいことを言うわね」

「だって本当のことだもん」

「だから三十過ぎた男がもんはやめなさいって」

「だからね、望月。望月は、そのまんまでいいからね」

「え」

「何かまだ、考えなきゃいけないことがあるんでしょう？　望月の納得がいくように事が済むまで、ぼくはちゃんと待ってるから。焦らなくていいし、ぼくに申し訳ないなんて思わなくてもいいんだよ。望月がいてくれるだけでぼくは幸せなんだから」

ああやっぱり、と陽菜子は咽喉の奥からせりあがるものが飛び出してしまわないよう、こらえる。

和泉沢といると、なぜか涙腺がゆるんでしまう。泣くことも、笑うことも、抑えこむことに慣れた陽菜子の奥底に眠るものを、和泉沢はあっさりと引き出してしまう。降り注ぐ太陽のようにやわらかくてあたたかい笑みを、全身で受け止めながら、陽菜子は泣きじゃくりたくなる衝動に、懸命に、耐えた。

──欲しい。

これこそが陽菜子の、ずっと望んでいたものだ。和泉沢に出会う前から、それがどんなものかもわからず夢想し、希《こいねが》ってきたもの。里で培ってきたすべてと引き換えにしたって手に入れたかった、はずだった。何を、迷うことがあるだろう。

──いいのよ、ヒナちゃん。

和泉沢と同じくらい、陽菜子を甘やかす柔らかな声が、耳の奥で響く。

いつだって彼女は、笑ってくれていた。幼いころから、同い年というだけで陽菜子のお目付け役をあてがわれ、陽菜子の進路にあわせて行き先を決められ、ただでさえ自由の少ない里で規制されることも多かったはずなのに、一度だって陽菜子を疎んじるそぶりを見せなかった。正確には、そっけなくされた時期がないでもなかったけれど、そんなものはかわいらしい八つ当たりに過ぎない。里の修練についていけずにべそをかいていれば必ず合格点をとるまでつきあってくれたし、変身術の才をいちはやく見抜いて磨くようすすめてくれたのも穂乃香だ。里を抜けると告げたとき、怒るでも呆れるでもなく「やっとただの友達になれるのね」とはしゃいだ声をあげてくれた彼女がいてくれたから、陽菜子は里を抜けてもひとりぼっちにならずに済んだ。

幸せになって、と。

いつだって迷いのない口調で穂乃香は陽菜子に言う。

あたしはいいの。忍びの仕事が好きだし、ヒナちゃんと違って迷いはないもの。だから気にしなくていいのよ。あたしはあたしの欲しいものを、ヒナちゃんはヒナちゃんの欲しいものを、自分の力で手に入れていけばいい。それだけの話なんだから。

ふんわりと陽菜子の背中を押し続けてきた彼女の言葉に嘘はないだろう。穂乃香のために忍び稼業に戻る、なんて聞けばむしろ怒り出すにちがいない。

だから陽菜子は、和泉沢の手をとればいい。

本当に穂乃香を想うのならば、迷わないことこそが陽菜子に必要な覚悟だ。穂乃香の言うとおり、柳との諍いは穂乃香や惣真に任せておけばいい。陽菜子は安心して守られて、忍びとは無関係の生活を送ればいい。そのことに罪悪感を覚える必要なんてないのだから。——でも。

「……和泉沢」

名前を呼ぶ声に、甘さがうつる。

驚いたように和泉沢が、陽菜子を見る。

「ありがとう」

口元に、降り注ぐ陽の光と同じあたたかさが宿るのが、自分でもわかった。どぎまぎと、和泉沢が照れたように首を振る。

陽菜子じゃない。和泉沢こそがカーネリアンなのだと思いながら、陽菜子は胸元の石をそっと撫でた。


「素敵ですね、そのネックレス」

と、目ざとく言ったのは、鵜飼だった。

毎週月曜の夕方に行われる定例の打ち合わせは、進捗状況の共有と問題点の洗い出しが主のため、鵜飼と陽菜子だけで行うのが通例だ。電話やメールで済むといえば済むのだが、対面とアナログ手法によって進められるやりとりは、機密保持にはけっきょく、いちばん有効な手段なのだった。

とはいえ、対面する相手がそもそも信用できなければ、何も意味がないのだけれど。

陽菜子は、平静を装ってネックレスの石をつまんで浮かせてみせる。

「ありがとうございます。つけてると、ちょっと気分がアガるので」

「森川さん、もうすぐアフリカですもんね。不在の間は望月さんの担当分も増えて、大変なんじゃないですか？」

「そうなんですよ。あの人、鬼畜なんで。今回のプロジェクトだけでなく、容赦なく仕事を振られて死にそうです」

「ここだけの話、私の上司もなかなかの鬼畜ですよ」

「向坂さん？」

「ええ。霞が関界隈では評判のやり手なんですけど、若いのに先輩方以上の成果をあげているだけあって、仕事量もスピードも桁外れなんです。で、そういう人って得てして、まわりにも同じ能力を求めるじゃないですか」

「しんどいですよね」

と、それだけは本音で、陽菜子は応じる。

惣真のそれは昔からだ。できない人の気持ちがわからないし、わかろうともしない。呆れるか、馬鹿にするか、諦めるか。もっとも惣真が特に顕著だというだけで、里の忍びはたいてい傲岸不遜《ごうがんふそん》で他者に寄り添うことなど知らないのだけれど。

鵜飼は肩をすくめた。

「毎日、残業ばかりで参りますよ。まあ、松葉にいたときも似たようなものでしたけど。私は見てのとおり身体が小さいので、そのぶん体力も弱くて」

「……それなのにどうして、激務とわかっているお仕事を選んだんですか？」

失礼にならない程度に、鵜飼の全身をさっと観察する。スーツで隠れて見えないが、だぶつきから察するに、その手足は陽菜子と同じか、それ以上に細い。覗かせる肌の白さは十代の少女のようでもある。

鵜飼は何かを思い出すように、一瞬だけ視線を上空に向けた。

「あんまり家庭に恵まれなかったんですよね。身体が小さいのも、幼いときの栄養失調が起因していて。身長も、あまり伸びなかった。たぶん望月さんと同じくらいですよね」

「そうですね。おかげで目線の位置がそろうので、打ち合わせもなんとなくやりやすいです」

「……望月さんって、変わってますよね」

鵜飼は思わず、というように笑みをこぼした。

「こういう話をすると、たいていの人は気まずそうにするか、やたらと励ますかしてくるのに」

「だって今は幸せなんでしょう？　それに鵜飼さんは華奢だけど、肌はつやつやしてるし意外と筋肉質じゃないですか」

「え？」

「首。柔道やってた友達が、やっぱり細いけど首だけ妙にがっしりしてたんですよね。鵜飼さんも何かやられてたんですか？」

実際は、首の太さで忍びと気づかれる危険性があるので里の女子はよくよく注意して鍛えるべし、と言われていたせいで注視する癖がついただけなのだけど。鵜飼は一瞬真顔になって「よく見てますね」とつぶやいた。

「鍛えるの、好きなんですよ。ジムには週三で通ってます」

「忙しいのに」

「……好きな人が、たくましい人のほうが好みだって聞いて」

鵜飼は薄く笑んだ。

「最悪だった家庭から、連れ出してくれた人なんですけどね。その人、私みたいな境遇の人たちを救う手助けをしていて」

「へえ……立派な方なんですね」

「すごい人です。で、私も同じように役に立ちたい、と思って商社をめざしました。

途上国を単に支援するのではなく、ビジネスでアプローチしたかったから」

「じゃあ、今回のODAに参加できるのは、嬉しいんじゃないですか」

「ええ。どんな形であれ、携われるのは嬉しいです」

頬を上気させる鵜飼の言葉に、嘘があるとは思えなかった。思いたくなかった、というほうが正しいかもしれない。

けれど陽菜子は、気づいていた。

彼の手指の関節にある大きなマメ。切り傷はファンデーションのようなもので覆い隠されているが、皮の厚さは見ただけでわかる。何かを握り、そして振り続けた者だけに与えられる努力の証。

そう、たとえば鉄扇のような、重くてかたくて、細い何かを。

「わたしも鵜飼さんに負けないように頑張らなきゃ。残業続きで、寝不足ですけど」

「終電、間に合ってます？」

「二時、三時になることもザラです。でもそれくらいの時間になると、逆に森川さんが出社してきたりもして」

「働き方改革に逆行しすぎですね。怒られないんですか？」

「そのへんは、まあ。代休もうまいこと、とっていますし。うちの会社、わりと融通がききやすいんですよ。会長が、社員の健康を第一に考えてくださる方だから」

「へー！　いいなあ」

「それに水曜はノー残業デーってやつですしね。どんなに仕事が溜まっていても、はやく帰るようにしています。というわけで、あと二日の辛抱です」

「お互い、頑張りましょうね」

同志のように連帯感に満ちた笑みを互いに浮かべながら、けれど、鵜飼もまた陽菜子を探っているのだろうことは承知していた。

惣真の隙をついて情報を盗み出せる人間なんて、限られている。惣真だって最初から疑っていたから、鵜飼には数字を見せなかったのだろう。こうして週に一度は出入りしている彼が、ＩＭＥに侵入するのは決して難しいことではない。何より彼は、すでに一度、柳とともに深夜の社内に忍び込んでいる。

すずと呼ばれていた柳の手下は、髪が長く一見すると少女のようだったけれど、体格は華奢な鵜飼と相違ない。それに鵜飼涼平の「涼」はすずとも読める。

二時や三時まで働いている、なんていうのはもちろん嘘だった。森川だってさすがにそんな時間に出社はしない。できるだけ水曜の深夜に、引きつけるための、罠。鵜飼が本当に涼《すず》だとしたら、罠だということくらい見抜くだろうけれど、それでもタイムリミットが迫っている今、乗る以外、彼に選択肢はないはずだった。

――間違いない。この男が、穂乃ちゃんを。

怒りも復讐心も優しく宥めて心に溶かし、陽菜子は愛想のいい仮面で鵜飼を送り出す。


鵜飼との打ち合わせを終えた十四時過ぎ、陽菜子は遅めの昼休憩をとって会社近くのカフェへと急いだ。店に入るより先に、テラス席で待ち構えていたらしい約束の相手が、飛びあがるようにして立ち、陽菜子の名を呼び大きく手を振る。

「ごめんなさい、お待たせして」

駆けつけた陽菜子に、人のよさそうな笑みを満面に浮かべて塚本は大げさに首を振った。

「いえいえ！　お忙しいのはわかってますから！　それなのに時間をつくってくださって嬉しいです」

その無邪気な口ぶりに、心が痛む。痛める必要はかけらもないのはわかっていたが、これから自分のする話が彼の表情を曇らせるのだと思うと、気が進まないのは確かだった。

席につき、コーヒーだけを注文した陽菜子に、塚本は心配そうに眉をひそめる。

「何も食べないんですか？　体、壊しちゃいますよ」

「あ、いえ……今日はお弁当があるので」

「え、じゃあどうして」

「ごめんなさい。今日お誘いしたのは、お聞きしたいことがあったからなんです」

惣真の自宅侵入に関して、陽菜子にはひとつ奇妙な点があった。なぜわざわざ陽菜子が帰ってくる時間帯を選んだのか、ということだ。

惣真の言うとおり、穂乃香の顔を一日、二日見なかったとしても、陽菜子はとくべつ異変を疑うことはなかっただろう。陽菜子を関わらせたくないのであれば、決して鉢合わせることのない頃合いを見計らえばいいだけだ。一刻もはやく取り戻さねばならない資料があったのかもしれないが、それにしてはあのときの惣真に急いでいる様子はなかった。

もしわざと陽菜子の帰宅するタイミングに合わせたのだとすれば、考えられる目的は二つ。一つは、陽菜子に改めて牽制すること。そしてもう一つは、穂乃香の部屋に注意を向けさせることだ。

ことさらに強く関与を拒絶することで陽菜子の好奇心を煽ったのかもしれないし、

穂乃香の部屋に手がかりがあるから探せ、とわかりやすくヒントをくれたのかもしれない。惣真の真意は陽菜子にはかりかねたが、誘導されるまま穂乃香の部屋に入って探った(チョコレートを見つけたのはそのときだ)。

バッグの裏底や服の裏地に情報を潜ませる方法は里にいたとき穂乃香が使うのを見ていたから、すぐにそのマイクロSDは見つかった。陽菜子が借りたことのあるワンピースだったのは、万が一を見越しての意図であるような気がした。

——ここでもまた、守ろうとしてくれていた。

約束を守って森川が送ってくれた、穂乃香の安らかな寝顔を思いだす。頭に巻かれた包帯の痛ましさと、倒れたときに打ったのか頬に青黒い痣をつくりながらも少しも損なわれることのない美しさを、ふたたび思い描くだけで胸が締めつけられる。

店員がやってきて、陽菜子にはホットコーヒー、塚本の前にはぶあつい鶏肉の挟まったクラブハウスサンドイッチとアイスコーヒーを置く。けれど陽菜子の言葉の続きを待つ塚本は、サンドイッチに手をつけようともせず、膝の上で両こぶしを握りしめていた。

陽菜子は背筋を伸ばした。

「単刀直入に聞きます。ここ最近、わたしの後を尾けていたのは塚本さん、あなたですよね?」

え、と薄笑いを浮かべて塚本が首をかしげる。その瞳に浮かんだ動揺の色に、やはりそうか、と陽菜子は息を吐く。それは落胆の、ため息だった。

「身内が心配して調べてくれたんです。それは専門の人に頼んで。証拠の写真もあります」

正確には、SDに入っていたのは穂乃香に相談した翌日、火曜日のものだけで、それ以前も塚本だったという確証はない。だが、すばやく身辺を洗った穂乃香の調査によると、塚本には前科があった。

「以前にも、警察からつきまといに対する警告を受けたことがありますよね? 一年前と三年前、それぞれちがう女性の方からの訴えで」

「あ、いや、それは」

塚本はすっかり青ざめ、ぶるぶると震えていた。

なまぬるい風が二人の間を吹き抜ける。この期に及んでも塚本を責める気になれない自分が不思議だった。あまりにお粗末な尾行、に反して、ただついてくるだけで何もしようとしない消極性。それは警告を出された過去の事例についても同じで、危害をくわえようとした形跡は一切みられない。被害女性たちもまた、塚本と顔見知りだったせいか、つきまといさえやめてくれればそれ以上大事にするつもりはない、と言っていたらしい。ただ、いい人だと思っていただけにとても残念だ、と。

その気持ちはよくわかる、なんて言えば対応の生ぬるさにまた惣真に蔑まれてしまうだろうか、と思いながら陽菜子は続ける。

「今のところ、警察に相談するつもりはありません。ただ、今後も続くようでしたら、対応を考えなくてはいけなくなります」

「ぼ……ぼく……」

鍛えられた肉体が、今は陽菜子よりも小さくしぼんで見えた。

あの、と消え入りそうな声で、青ざめながら塚本は言う。

「迷惑を……かけるつもりじゃ、なかったんです。ぼくはただ……望月さんともっと仲良くなりたくて……」

「だったら、なおさらどうして。落ち着いたら飲みに行きましょうって約束を、わたしはちゃんと果たす気でいましたし、そのために連絡先だって交換していたのに」

「そう……ですよね。わかってます。わかってるんですけど……」

塚本はがっくりとうなだれた。

「……昔からこうなんです。気持ちが盛り上がると、止められなくて。その人のことをもっと知りたい、って思うと、だめだってわかっていても、追いかけちゃって。ああこういうお店でごはんたべるの好きなんだなあとか、こういうファッションが好きなんだなあとか、わかるだけで、仲良くなれるような気がしちゃうっていうか」

「バレたら逆効果じゃないですか」

「あのでも、信じてください。これまでも、望月さんにも、何かしようって思ったことはないんです！　その、フラれたからって逆恨みすることだってないし、それに」

「それはわたしもわかってます。だから、ここだけの話でおさめたいんです」

馬鹿か、と惣真のえぐるような声が聞こえた気がした。だからお前は甘いというんだ。その甘さでお前の脳みそが溶けだすぶんには構いやしないが、俺たちに害が及ぶようならいつかまとめて叩き斬ってやるからな。

やけに具体的な幻聴に、陽菜子はつい笑ってしまいそうになる。いつかそのとおりのことを惣真に言われたのだったか、もはや本人がなくとも再現できるくらい精巧なイメージモデルが陽菜子の脳内には住んでいるのか。

——ほんとあいつも素直じゃない。

惣真は穂乃香から報告を受けていたのだろう。暴走する一般人はときに忍びよりも厄介だ。声高に忠告するほどではないが、いちおう注意を促すつもりだったのかもしれない。もしかしたらSDを縫いつけたのも惣真で、そのために部屋を訪れたのかもしれなかった。

けっきょく最後の最後で、陽菜子を斬り捨てきれず、今回も部外者と言いながら、ひどく迂遠な方法ではあるが忠告してくれた。いっそ本当に、無機質な暴君であってくれたらよかったのに、と何度思ったことだろう。

「飲みに行く約束は、もちろんなしで。連絡先も、今わたしの目の前で消していただけますか？」

スマホをとりだした塚本の手元を見ながら、アドレス帳からもＬＩＮＥからも削除したことを確認する。ついでにメモ帳アプリも。それ以外の手段で残している可能性はゼロではなかったが、そもそも伝えた連絡先は、流出したところで痛くもかゆくもないものだ。

「……これで終わり、ですよね」

操作を終えた塚本が、ぼそりとつぶやいた。

「友達には……もう、なれませんよね」

「なれると思います？」

半ば呆れながら聞き返すと、塚本は自嘲気味に笑った。

「なんでだろう。ぼく、望月さんなら許してくれるような気がしたんです。許すっていうか、受け容れてくれるような」

「それは……ちょっと軽く考えすぎじゃないですか」

「だって望月さん、怖がってなかったでしょう? 不審には思ってたけど、それだけ。たいして気にしてなかった。むしろ踏み込まれるのを待っているような……そんな気がしたんです」

何を言い出すのかと眉をひそめた陽菜子に、塚本は咽喉をひくっと鳴らす。笑ったのだ、と気づいた瞬間、警戒心で無意識に身体がうしろに下がった。けれど塚本は、そんな陽菜子の様子を知ってか知らずか、そのまま続ける。

「望月さんのことをずっと見てて、ぼく、気づいたことがあるんです。望月さんって、いつもどこかさみしそうで窮屈そうで。そこから連れ出してあげられる誰かが必要なんじゃないか、って」

「……それが、あなただと? ずいぶんと一方的なことをおっしゃいますね」

「そうですね。ぼくじゃ、なかったのかもしれない。でも、和泉沢さんでもないと思いますよ」

びりっと電流が走るような衝撃を、陽菜子は味わう。それが、和泉沢の名を口にされたことに対する怒りだと、気づくのに数秒かかった。

「彼のように愛されてすくすく育った人に、あなたのことは理解できない。でもぼくなら」

「理解できると？　何を根拠に」

怒りと警戒心をないまぜにした陽菜子の刺すような視線を、塚本は妙に静かで昏《くら》い瞳で受け止める。それは、陽菜子の知る、無邪気で朗らかな塚本ではなかった。感情の暴走で言動を歪めてしまう〝本当はいい人〟の姿でもなかった。

冷めたコーヒーを残したまま、陽菜子は立ち上がった。財布から千円札を一枚とりだすと机に置いて、冷ややかに塚本を見おろす。

「もう結構です。……これ以上、勝手な思い込みでお話しされたり、不要にわたしに近づくようなことがあれば、すぐにあなたの警備会社と警察に訴えます」

「わかってます。いやな思いをさせて、本当にすみませんでした」

深々と頭を下げる塚本に、ぞっとしたものを感じて陽菜子は黙って踵を返した。

塚本と和泉沢が似ている、と思った過去の自分をぶんなぐってやりたい、と速足で会社に戻りながら思う。和泉沢は、自分の欲望を他人に押しつけるようなことはしない。つきあってもいないのにネックレスを贈る重たいところは確かにあるが、常に陽菜子の心情に敏《さと》くあろうとしてくれているし、迷惑になるようなことは決してしない。

思いやりも愛情表現も、自分の欲望ありきでは意味がないことをよく知っているから。

本当に、ただただ底抜けに、優しいのだ。

だから、好きになった。

できることならそのぬくもりに、間近で触れていたかった。

けれど和泉沢がIMEを率いる立場になるのならなおさら、その想いは受けとれない。日の当たる道をまっすぐ歩くその隣を、人目を避けて生きる現役の忍びが、ともに歩んでいけるはずがなかった。

陽菜子はもう、決めてしまっていた。

穂乃香を傷つけ、会社を窮地に陥れようとする柳の魔の手が伸びるのを無視するわけにはいかない。いかなる手を使っても、陽菜子がデータを守る。食い止める。それはたぶん、穂乃香のためでも和泉沢や会長のためでもない。ほかならぬ陽菜子自身のため。

守られてきたぶん、守りたい。

優しくしてもらったぶん、優しくしたい。

幸せになるのはその借りを全部返してからでいい。返しきれないのなら一生、幸せになんてならなくていい。掟破りと誹《そし》られようが、甘っちょろいと嗤《わら》われようが、大事な人を全員守れるだけの力が欲しいと、陽菜子はただ、切に願う。

4

得物は、敵に知られていたとしてもたいていの場合、変えることはない。付け焼刃で新しい武器を使うのはかえって危険だ。穂乃香を襲ったのも鉄扇だったことから、鵜飼――涼がそれを得意としているのは明らかで、前回陽菜子と対峙したときよりも技を磨き、仕込みを増やすことはあっても、鉄扇を封じることはないだろうと予測された。

「二丁十手《にちょうじって》でいくのがいいだろうな」

と、大河内は言った。

「ただし十手を二丁もつのではなく、片方は萎《な》えしにするのがよかろう」

その提案には陽菜子も賛成だった。

金属棒に短い鉤のついた十手は、ふりおろされた鉄扇を防ぐにはちょうどいいが、涼が二扇使いで迫ってきたとき、一つでは心もとない。だからといって攻撃性の低い十手を増やすよりは、萎えしと呼ばれる取っ手のついた丸棒をもう片方の手にかまえるのが最適と思われた。涼の鉄扇使いに比べて陽菜子は十手をさほど得意としているわけではない、というのは問題ではあるけれど。

——水曜の深夜を迎えるまで、みっちり稽古をつけてやろう。

穂乃香が襲われたことも、森川の不在も、データが狙われる可能性も、何一つ大河内には伝えてなかったのに、会長の家ですれ違いざまそう囁《ささや》かれた。もはやなぜ、と問うことはやめていた。大河内に陽菜子が返せる言葉は「承知」の二文字だけだ。

そうして土曜の晩はもちろん、日曜は朝から晩まで——大河内いわく陽が昇るまでが晩である——宣言どおりみっちりしごかれ、ほとんど疲れのとれない身体で出社し、鵜飼と塚本との対峙を終えた今日も道場を訪れた。ゆえに、一瞬でも集中力を散じれば気を失ってしまいそうなくらい、陽菜子は限界に近い。その極限を超えることこそが、大河内の目的なのだろうけれど。

「安心せい。今日も容赦をする気はないが、明日はほどほどにしてやる。決戦のさなか、倒れられても困るからの」

滝のような汗を流しながら、大河内の振りおろす鉄扇を十手の鉤で挟んで止めて、ときに萎えしていなしつづける陽菜子に、同じ時間だけ動いているはずの大河内は、むしろどんどん生気を漲《みなぎ》らせていくように見えた。いや——同じ時間、向きあってはいても、大河内は陽菜子の十分の一も動いていない、かもしれない。最小限の動きで、陽菜子の反撃を軽々と受け止めて、かわす。陽菜子の勢いを利用して、反動で陽菜子を打ちのめす。普段は枯れ木のように細い足でスキニージーンズを穿きこなしているくせに、道着から覗くふくらはぎから上は力をこめた瞬間、しなやかに張った筋肉をあらわにする。

化け物だ、と陽菜子は思う。里の爺婆など及びもつかないほどの手練《てだ》れと向かい合う畏怖で、背筋がぞっとふるえて、全身に緊張感が走る。だがその、警戒した身体のこわばりさえ見抜いて、大河内は隙をついてくるのだった。

「それにしても、それだけの汗をかきながら顔が崩れんのは、いつ見てもおもしろいの。市販の化粧品ではあるまい？　水中競技用か？」

「企業秘密です」

陽菜子の里は、薬学や化学の道に進む忍びが多く、そのなかに化粧品メーカーをやめて独自で開発を始めた者がいる。陽菜子よりも十歳上の彼は、里でいちばん陽菜子の変身術を評価してくれて、次々と独自の化粧品を開発していった。今では一部を舞台用・水中競技用に改良し、ＥＣサイトで販売することで生計を立てているという。そのサイトに隠れた特設ページを経由して陽菜子も商品を購入しているのだが、彼はおそらく陽菜子をかつての同胞《はらから》とも裏切り者とも思っておらず、ただの上顧客として しか認識していないだろう。その証拠に、サイトで告知されるセール期間以外で彼が 商品を割り引いてくれたことは一度もない。

気づけば深夜〇時をまわっていた。

今ごろは森川が、あるいは彼の手引きで侵入した惣真の手下が、データが奪われる ことのないよう見張っていてくれるはずだ。明日も同様に警戒を続け、森川のいなく なる水曜深夜には忍びの数を増やし、惣真みずから阻止しにくるかもしれない。そう なれば、陽菜子の出る幕などなく鮮やかに涼たち柳一派を撃退する可能性も大いに考 えられた。

それでも陽菜子は、みずから赴こうと決めていた。その決意を惣真に告げずにいた のは、不測の事態にそなえて、彼すら知らない隠し玉として潜んでおくほうが得策だ と踏んだからだ。

「肚は決めたんか」

息を切らしながら水を飲む陽菜子に、大河内は問う。

だが答えるより先に、大河内はその先を続けた。

「里なんぞ無視して好きにすりゃええのに、あんたもよくよく不器用な奴だの。放っておいても里なぞいずれ滅ぶというに」

「いずれ……滅ぶ……？」

「なんじゃ、面食らった顔しおって。あたりまえだろう。個人の自由を奪い縛りつけるようなやり方は、いくら閉鎖的に育て教育したところで、外部との接続が簡単な今の時代に通用するわけがない。若い奴らから少しずつ、確実に逃げ出していくだろうよ。数が増えれば里もいちいち報復なんてしておれん。柳のような輩が勢力を拡大していくだけだ」

「それ、は。わたしのような未熟者が増える、ということでしょうか」

大河内は、道場の隅に用意されたポットから茶をそそぎながら、鬱陶しそうに片眉をあげた。

「あんたは里を抜けたことを、逃げた、と思っておるんか。その後ろめたさから、いまだに里の誓約を守り続けておるんか？」

「え……」

「あんたは里の気質に合わんかった。合わせるために自分を変えることも、里を変えることもできんかった。それだけのこったろう。未熟というが、今の場所ではそれなりに仕事して会社の役にもたっておる。それの何が、不満だね」

やれやれ、と湯気の立った茶をためらいなく一飲みして、大河内は首を振った。

「自信なさそうにしておいて、あんたはけっきょく自己評価が高いんじゃな」

「……は」

「その点、霞が関の坊主は見どころがある。己を過大評価も過小評価もすることなく、ちゃんと弁《わきま》え、考えとるからな。ああいうのこそ真っ先に里を抜けてもおかしくないんだが、気質はあんたと一緒できまじめ、不器用ときてるから、伝統を重んじ、里の筋はまげられない。まったくあんたんとこの里は運がええ」

それが誰のことを指しているのかは、問うまでもなかった。

「どうしてそんなに詳しいんですか、あいつのこと」

「そりゃあ、できる忍びの話はあたしの耳にすぐ入る。まあ、噂どおりなかなかの奴だと思って初めて会ったが……あんたああ、あんたとは関係ないよ。まあ、噂どおりなかなかの奴だと思ったがね。あんたも惜しいことをしたものよ。あれを捨てて創みたいな唐変木《とうへんぼく》に転ぶなんて」

「……よけいな、お世話です」

「まあ、何事も相性っちゅうもんがあるからな」

どうして会ったのか、二人して何を企んでいるのか、なんて聞いたところで答えてくれないのはわかっていたから、口にはしない。陽菜子は火照りのおさまった身体から汗をぬぐうと、待ちくたびれた様子の大河内に、改めて十手を構えて向き直る。拭いたはずの足の裏は早くも汗で湿りはじめ、滑ってしまいそうだったが、その状態でどう活路を見いだせるかもまた修行だった。

呼吸を静め、気配を鎮める。どれだけ闘志がたぎろうとも、その殺気を悟られてはならなかった。

「あたしは、あの坊主のことが気に入ったよ。だからあんたも、徹底的にしごいてやることにした。今回、柳を返り討ちにすることができれば、坊主に恩を売ることにもなりそうだからな」

――まったくどいつもこいつも。

陽菜子の口から気の抜けた息が洩れる。騙し騙され、利用しあい、互いを喰いあう者ばかり。それが、忍び。それが、幼いころから大嫌いだった。けれど、今は。

好き、とはいえない。それでも陽菜子が思っていたよりも、彼らの合理主義の連鎖は、世を救うためにまわっているのかもしれないと思うようになっていた。

めぐりめぐって陽菜子が大河内と出会い、和泉沢と会社を守るために、力を蓄えているように。

それが大人になったということなのか、染まったということなのかはわからない。

どっちだっていい、と陽菜子は思った。陽菜子はただ、自分の守りたいものを守るだけ。

陽菜子は大河内のわざとらしく見せた隙にあえて乗って、滑る床を思いきり蹴った。いざ、なんて掛け声は口にしない。始まるときはいつだって突然なのだから。

電気の消えたフロアで陽菜子のパソコンに手を伸ばす、陽菜子と同じ背格好、同じスーツをまとう背中に飛びかかる。

そのまま首の後ろを打ちつけ昏倒させることができていたら事は簡単だったのだが、もちろんそういうわけにもいかず、音もたてず気配を消していたというのに、相手は寸前で振り向き胸元からとりだした鉄扇を開いて振った。

市販の扇子が七寸（約二十センチ）前後なのに比べて振りおろされたそれはやや大きく、一尺（約三十センチ）はありそうだった。

近場の椅子を蹴って後ろに飛んだ陽菜子の前で、扇の天に仕込まれた研がれた刃が妙に艶やかに光る。閉じていれば鈍器として、開けば刃物として使えるらしい。全開にして、幅は約五十センチといったところか。厄介だな、と舌を打ちながらも陽菜子は、大河内との修行の成果が存分に活かせそうなことに、胸が躍るのを感じてもいた。

水曜の深夜。

静まり返ったオフィスに唯一灯る非常灯のおかげで、かろうじて、相手の姿が浮かび上がって見える。

相手の胸元には赤い石が揺れていた。深夜二時、早帰りが推奨される水曜でなくとも、さすがに社員が残っていることはほとんどないが、万が一にそなえて陽菜子に扮したのだろう。なるほど、メイクもよくできている。口元は黒いマスクで隠しているから、遠目からなら同僚も見間違えておかしくない。感心する一方で、ちらちらと揺れる石が癪に障った。それが、陽菜子にとってどんな意味を持つものかも知らないで。どんな気持ちで陽菜子が今日、ネックレスを箱にしまい、二度ととりださない覚悟を決めたのかも知らないで。

「……ふん。望月本人が来ると思っていたが」

鉄扇をかまえて、相手が言う。その声は、いつもよりやや高く細いけれど、まぎれもなく鵜飼のものだった。

「今度こそ里抜けしたというのは本当のようだな」

鵜飼のほうは、相対しているのが陽菜子だと気づいていないらしい。それもそのはず。陽菜子は、いつもと違う〝顔〟をしていた。月曜と火曜は社内の手洗いで顔を変えてから、足音も変えてゲートをくぐり、陽菜子がいまだ社内に留まっていると思わせた。今日はその逆だ。早々に退社するところをあえて見せつけ、侵入を誘った。そうして少し離れた場所で顔を変え、ひっそり戻り、フロアに潜んでいたというわけだ。

「そっちこそ、凜太郎は来ないのね。この間みたいにぞろぞろと仲間を引き連れて大名行列でもやるかと思ってたのに」

陽菜子も口元を黒い布で覆っているため、声がくぐもる。鵜飼は、別人と疑わないまま、陽菜子に返す。

「こんな単純な任務、私一人で十分だ。頭領には、向坂から資料を奪いとる役目があるしな」

なるほど、それで惣真は姿を現さないのか、と納得しながら、陽菜子はわざとらしく間延びした声を出してやる。

「あーあ、それってあなたが失敗したやつでしょう？　なに、上司に自分の尻拭いをさせてるの？　あなた、ずいぶんといいご身分なのね。それとも、いちいち頭領みずから出向かないとやってられないくらい柳は人手不足なのかしら」

「なんだと……？」

「だいたい、あんたたちも懲りないわよねえ。何度撃退されれば身の程をわきまえるのかしら。所詮、追放されたはみ出し者でしょう？　やっかみと逆恨みで駄々をこねるおこちゃまが、正当な次期頭領に敵うはずがないのにね？」

鵜飼の目の色が変わるのを見て——人当たりのいい鵜飼涼平の面影は消え、そこには忍びの涼しかいなかった——陽菜子は布の下で小さく笑んだ。いくら焦っていたとはいえ、穂乃香を力任せに殴ったことから想像はついていたとおり、あいかわらず感情の抑制が苦手らしい。磨かれる技と体に対して、心が追いついていないのだろう。今も、抑えきれない敵意を全身から発して、陽菜子を迎え討とうとしている。

——悪いけど、わたしは挑発には強いのよ。

惣真の舌鋒《ぜっぽう》に幼いころから曝されてきたおかげで、ちょっとやそっとでは腹もたたない。逆に、どうすれば相手の神経を逆撫でできるのかも、わかっている。まったくもってありがたくないことではあるが、あれはあれで役に立つ修行の一種なのである。

涼は、喉笛に嚙みつかんばかりの殺気を放ち、陽菜子を睨み据える。

「……そうやって、虚勢を張っていられるのも今のうちだ。今晩、頭《かしら》を潰されて死に体となるのは貴様らのほうだからな」

「潰される？　あの人が？　ありえないでしょ、凜太郎ごときに」

口の端に載せる嘲笑は穂乃香に、鼻の鳴らし方はたぶん森川のそれに似ていた。

陽菜子は十手と萎えしを両手でくるくるまわし、余裕を演出してみせる。

「敵の力量も正しく測れないようじゃ、あなた、やっぱり二流なのね」

「……こっ、の……！」

顔を真っ赤にした涼は、けれどすぐに鉄扇の刃を陽菜子に向けたまま、深い呼吸をくりかえした。奇襲をかける、隙はない。パソコンに手をかけていたときは、おそらくあえて隙を見せて誘っていたのだろう。やはり、陽菜子が容易に倒せる相手ではない。精神面の未熟さもちゃんと自覚していて、立て直そうとする冷静さもある。

それでも。

昂ぶった感情が力みとなって残るのが人間というものだ。

閉じた扇を振りかぶる動きはわずかに大仰になり、陽菜子は涼が降ろした腕の関節を十手で打つ。さすがに扇を落とすことはなかったが、よろめいた一瞬を突いて、今度は首筋を蹴りで狙った。

陽菜子が積極的に攻撃を重ねるのは、場を動かすためだ。

——ええか。あんたのすべきことは相手を打ち倒すことじゃない。

大河内の言葉がよみがえる。

情報を奪う側の涼と違って、陽菜子の目的はあくまで防御。つまり召捕りさえできればいいのだと大河内は言った。それなら非力な陽菜子にも勝機はある、と。振った鉄扇が陽菜子の机上に置かれた文具を散らし、視界の隅で、和泉沢にもらったエッグスタンドが床に転がるのが見えた。着地する涼が踏んづけそうになるのを、とっさに足のすねを蹴りで狙って防ぐ。陽菜子だけならともかく、同僚たちのデスクを荒らされ破壊されてはかなわない。そのまま攻撃を仕掛けながら、陽菜子は涼をフロアの隅、電子機器のない打ち合わせスペースへと誘いこんだ。そこなら、思う存分戦える。

だが、広い場所に出て、動きが滑らかになったのは涼のほうで、もう一つの鉄扇を胸元からとりだすと両手で広げ、思う存分振りまわした。

どちらも、よく研がれている。さすがに命に関わる毒はないだろうが、痺れ薬程度なら刃に仕込まれていてもおかしくない。つまり、わずかでも傷を受ければ致命傷となりうるということで、攻《こう》に転じた涼の動きを距離をとりながらかわす。陽菜子の十手と萎えしはあくまで取り押さえることを目的とした武器で、隅に追い詰めないことには防戦一方となってしまう。涼の懐に潜り込んでは退き、踏み込まれては打ち返し、追い込む隙を探しながらの小競り合いがしばし続いた。

気がかりなのは、いつ加勢がくるともしれないことだった。

幸い、どれだけ意識を広げても、かすかな気配さえ感じとれない。よほどの手練れが陽菜子の油断を待っているのかもしれないが、割って入るタイミングはこれまでにも何度かあった。いない、と考えていいのかもしれないと、ようやく思う。あまりに都合がよすぎる気もするが、加勢がないのは陽菜子とて同じこと。惣真には何も告げずにきた以上、彼の手下が涼を待ち構えているに違いなかったが、その気配もやはり微塵も感じとれない。こちらもいない——あるいは双方が別の場所でやりあっている可能性のほうが高い、と陽菜子は踏んだ。だから。

賭けに出ることにした。

背後にまで張っていた意識を、目の前の涼にだけ集中し、改めて十手を構え直す。

——相手を遮るのではなく、動きやすいよう操ってやる。基本中の基本だが、それに勝る策はないよ。

大河内の言葉と、修行の日々を思い出す。警戒し、常に相手の動きを読み、誘導してやろうとするのに、しているつもりだったのに、いつも気づけば陽菜子は彼の術中にいた。未だかつて成功したことなど一度もないが、百度の勝利より千通りの敗北のほうが重要なのだと大河内は言った。

矛盾しているようだが、〝操ってやろう〟という驕りが、勝ちに対する欲が、結果として相手に読まれて逆手にとられる。

ならば、勝とうと思わなければいい。

どの角度から奇襲を仕掛けても、正攻法で挑んでも、あらゆる手で大河内に打ちのめされた陽菜子が味わったのは、永遠に勝つことはできないという絶望だけだ。だがその絶望が、陽菜子から慢心を奪った。陽菜子に、平常心のまま勝機をつかむ、すべを与えた。

心を鎮め、涼の咽喉の動きを見て、呼吸を読む。はっ、……はっ、はっ。先ほどよりやや荒い涼のそれにあわせて、陽菜子はわざと自分の呼吸を乱す。やがて涼と同じタイミングでよろめき、相手の間合いに一歩踏み入り、あるいは下がる。二人の動きが少しずつ、重なっていく。

――おそれるな。

相手に、場に、身を委ねることを。

心も身体も空となれば、自然と流れは、見えてくる。

――侮るな。

呼吸をあわせているつもりでも、不意に、陽菜子の予期しないところから扇は振り下ろされ、涼の蹴りが飛んでくる。しかも回し蹴りではなく、正面から、垂直にくりだされる前蹴り。以前の陽菜子だったら思いきり食らっていただろうが、これもまた大河内から学習済みだった。とっさに後ろに飛ぶと同時に、涼の踵下に十手を差し込み思いきり打ち上げる。

——考えすぎる、な！

忍びがもっとも忌避するべき三つを脳裏に思い描きながら、ひっくりかえりそうになった涼の手首を、十手で思いきり打ちつけた。右手が開いたところで、今度は左の手首。続けざまにやられてバランスを崩した涼は、そのまま背中から床に落ちる。その鳩尾《みぞおち》を踵で思いきり、踏みつける。

「かっ……！」

涼が、胃液のようなものを吐いて、うめいた。

罪悪感、が襲ってきたのは、涼のマスクがはずれて、苦悶に満ちた表情を目の当りにしたときだった。メイクはもちろん骨格の印象もかなり陽菜子に寄せてはいるが、それはまぎれもなく、週に一度顔をあわせて雑談もかわす、鵜飼涼平の顔だった。

その一瞬の罪悪感が、陽菜子に、今宵でいちばん大きな隙を生み出した。

呼吸するのもやっとのはずなのに、涼はとりおとした鉄扇の一つをとっさにつかんで立ち上がり、陽菜子の顎を鋭く打った。閉じた状態でなければおそらく肉が切り落とされていただろう。そして涼が正確に顎の先端をとらえていたなら、陽菜子はそのまま脳震盪《のうしんとう》を起こしていたはずだった。

が、幸いにして、立つのもやっとな涼がわずかに的をはずしたため、陽菜子は倒れこまずに済んだ。痛みが罪悪感を吹き飛ばしてくれたおかげで、十手の柄でこめかみを容赦なく狙うことができる。

「く……そっ……」

一瞬白目を剝いて、涼は地に伏す。それでも、四つ這いになりながらも上半身を起こし、陽菜子に挑みかかろうとする涼に、陽菜子は言葉を失った。

「……なんで」

かろうじてそれだけ、問う。

命に代えても任務を達する、なんて捨て身の策は忍びにとってはむしろ恥。どんなに不名誉でも失敗を持ちかえり次に備えるのが優秀な忍びだ。けれど涼は、この期に及んで退くそぶりを見せない。未熟ではあっても、決して愚かには見えないのに。

「まさか、失敗すると何かされるの？　凜太郎が怖くて、それであなたは」

「ちがう！」

怒気が、涼の声のかすれをかき消した。

「頭領は、あの人はそんなことはしない。貴様らと一緒にするな！」

「じゃあどうして。どうして、そこまで」

言いかけて、はたと陽菜子は思い出す。

「……救い出してくれた人っていうのは、凜太郎なの？」

涼は、怪訝そうに眉をひそめた。なぜお前が知っている、と言いたげな表情だった。

ああそうだ、涼は相手が陽菜子だと知らないのだ。陽菜子が変身術の巧者だと知れるのはまずいかもしれない。とよぎったのは一瞬で、陽菜子はかまわず続けた。

「あなたは任務のためでなく……凜太郎のために闘っているのね」

忍びにとっての頭領は、指揮官ではあるが主ではない。指示に従えども、命を捧げることはない。そもそも忍びは、誰にも命を捧げたりなんかしない。主君への忠義はあくまでも契約上のもので、生き延びて技を活かし、己を活かして、役に立つ。

けれど涼は違うのだ。

凜太郎のためなら、身が破滅しても構わないと、思っている。

——それがこの人の、強さであり、弱さ。

捨て身で挑む心を、抑えられないから。

だから感情が隠し切れずに発露し、こうして打ちのめされてしまう。

惣真なら、嘲笑うだろう。けれど陽菜子には、そんな涼を、間違っているとは言えなかった。むしろそれは今の陽菜子が、もっとも手にしたい武器であるような気がした。

涼の腕をつかんで後ろにひねりあげ、肩の関節をはずす。こうするのは、二度目だった。一度目よりも少しだけ心が痛んだけれど、ふたたび隙を見せれば今度こそ、やられる。涼の両腕を背中にまわすと、ポケットからとりだしたテグスで両手首をきつく縛りつける。

「仲間は、いないの？」

当然のように涼は答えない。事ここに至っても、どちらの援軍も到着する気配はなかった。

――おかしい。

何かが起きているとしか、思えない。

警戒したままスマホをとりだし、惣真の番号をプッシュする。登録はしていないが、暗記はしていた。けれどコール音が鳴ることはなく、圏外でもなく、ぷつっと切れる。ますます、不穏だ。

念のため、涼の両足首も縛って、陽菜子は気配を落として廊下に出た。

やはり人影も気配も見当たらない、――が。

非常階段からかすかに、響く足音があった。潜めようと努力はしているが隠しきれないその気配には覚えがある。

口元を覆っていた布を外すのと、階段に通じるドアが開くのとが同じだった。懐中電灯で照らされ、逆光ではっきりと顔は見えないが、それは巡回中の塚本だった。

「うわっ、驚いた。こんな時間にどうかされたんですか？」

予想していたために、光で目をつぶされることはなかったけれど、とっさに一歩さがったのが不審に映ったらしい。塚本は怪訝そうな顔で陽菜子を、陽菜子だとは気づいていない様子で、まじまじと見つめる。

「今日はみなさん、はやく帰られる日ですよね。そうでなくても、こんな時間……もう二時を過ぎてますよ。何してるんですか」

「……忘れ物を、とりに。警備員さんこそ、こんな時間にどうして？」

「定時の見回りです。失礼ですが、社員証を見せていただけますか？」

どうするべきか、悩んだのは一瞬だった。

見せたところで顔写真とは一致しないし、塚本に陽菜子本人であると証明するわけにもいかない。申し訳ないが眠ってもらうしかないだろう、と陽菜子はジャケットの内側に手を突っ込んだ。社員証をとりだすふりをして、仕込んでおいた針を手にする。その先には、万が一のときのために、強めの痺れ薬が塗られていた。

ごめんね、塚本さん――。

心のなかで詫びて、塚本の盛り上がった首の血管を狙おうとした、そのとき。

鳩尾にえぐるような衝撃を受け、陽菜子はその場に膝から崩れ落ちた。

――な……に……？

視界が、かすむ。舌の奥を噛んでどうにか意識を保ち、視線だけで宙を仰ぐと、妙に冷ややかな塚本のまなざしとぶつかる。

「……ごめんなさい、望月さん」

そのまま倒れ込みそうになった陽菜子を、塚本の腕が支えて肩にかついだ。そして迷いのない足取りで警備員用のIDで扉を開けてフロアに踏み入る。そして縛られている涼に気づくと「あーあぁ」と息を吐いた。

「ざまあないって感じだね、涼」

「うるせえ……遅いんだよ……」

「しょうがないだろ。そこそこたくさん、いたんだから」

近くのデスクに懐中電灯を置き、あたりが煌々と照らされる。

次に、塚本は壊れ物を扱うように、陽菜子を床にそっと横たえた。制約はなくなったけれど、逃げ出すことは敵わない。内臓が、みしみしと痛む。大河内の蹴りや拳を受けたときだってこれほどのダメージは受けなかった。指先だけでも動かしたくても、力がまるで入らない。

陽菜子の抵抗を察したのか、塚本は「ああそうだった」と右腕をつかみ、先ほど陽菜子が涼にしたのと同じように、ねじりあげた。違うのは、ねじりながら同時に関節を外してしまったことである。短く絶叫した陽菜子に、塚本は眉をさげた。

「本当にごめんなさい。こんなこと、したくなかったんですけど」

その瞳は最後に言葉をかわしたときと同じ、鈍い闇に覆われていた。けれど一方で、申し訳なさそうに恐縮する姿は挨拶をかわしていたころの無邪気さにも満ちていて、だからこそ陽菜子は、背筋に寒気が走るのを感じる。

呆然とする陽菜子の両手首を、やはり陽菜子が涼にそうしたように、塚本は自前のテグスで縛りあげた。

「柳の……手下だったの……？　最初から、そのつもりで……？」

「ありえない、と思っていたでしょう？　ぼくの尾行、下手だから」

塚本は苦笑した。

「以前、警察に通報されてしまったのも任務中のことなんですよ。ぼく、忍ぶのがめちゃくちゃへただから。っていうか決定的に才能がないんです。笑っちゃいますよね、忍びのくせに忍べないって」

「それを、逆手にとった、と……？」

呼吸が、少しずつ元に戻ってくる。

攻撃を重ねる気はないようで、塚本は陽菜子の目をまっすぐ見て、うなずいた。

「できないならやらなきゃいい、って凜太郎さんは言ってくれました。だったらあえて顔をさらして、こんな奴が忍びであるはずがないと敵に思わせてしまえばいいんだって。実際、望月さんも疑わなかったでしょう？」

疑わなかった、わけではない。

だが、前科があることで塚本の、ストーカーとしての信憑性は高まった。あつらえられた証拠に納得し、それ以上、深追いすることを怠った。

「どうせ新しく入った警備員ってだけで、疑いの目は向く。だったら先に調べさせて、問題なしと思わせてしまえばいい。おかげで、今日もずいぶんやりやすかったです」

「じゃあ……惣真の手下は……」

「みんな、ぼくが倒しました。こう見えて、忍ぶこと以外は優秀なんですよ、ぼく」

唇を嚙む。

自分が、情けなくて仕方がなかった。和泉沢に似ている気がするとか、残業明けに顔を見るとほっとするとか、そんな他愛もない感情に流された結果が、これだ。惣真に後ろから刺されたって文句は言えない。

陽菜子が抵抗を諦めたのを見てとると、塚本は背を向け、涼に巻き付いているテグスを小刀で切る。

「この様子じゃ、データはまだ、だよね?」

「うるせえ……わかってんなら、てめえがどうにかしろよ」

「無理だよ。パソコンの操作はきみにやってもらわないと。ぼくがそういうの苦手なの、知ってるでしょ? って、肩はずされちゃってるのか」

しかたないなあ、と塚本は口をへの字にまげる。そして涼の肩と腕に手を置くと、ごきっ、と鈍い音と悲鳴が響いた。

「……っの、へたくそ……」

「減らず口叩くと、また外すよ」

ふらつきながらも立ち上がり、涼は陽菜子のデスクへと向かう。

殴られた痛みは少しずつ薄れたものの、どんな手を打てば彼らを防げるのか、陽菜子にはまるで見当もつかなかった。時間を稼ぐように、仁王立ちで陽菜子と涼の様子を見守る塚本に問う。

「……どうして、わたしが望月陽菜子だってわかったんですか」

「え?」

「顔。ちがうでしょう、いつもと」

「ああ、そういうことか。望月さん、めちゃくちゃうまいんですね。落ちこぼれって聞いてたけど、全然そんなことないじゃないですか。涼も倒しちゃうし」

わたしはあなたの逆で、変身術しかできないのよ。

とは言わずに、陽菜子は視線で先をうながす。

「最初はもちろんわかんなかったですよ。ただ、尾行がバレるのはしかたないにしても、後を追うことさえできないのは、よほど気配を消すのがうまいか、変身がうまいか、どっちかだと思ってました。それで、前以上によく観察するようにしたんです、望月さんのこと」

聞きながら、咽喉を震わせないようつとめながら、陽菜子は静かに、深い呼吸をくりかえす。テグスを自力で解くことはできなくても、チャンスがきたときのために、できるだけ呼吸を戻しておきたかった。

「顔の輪郭とか、鼻筋とか、洋服とか、髪形とか……そういうわかりやすく目に見えるのじゃなくて、望月さんの〝かたち〟をとらえようと思って。そうしたら、数回に一回、わかるようになったんです。肝心の今日はだめでしたけどね。ぼく、ずっと出入り口見張ってたのになあ。いつ戻ってきたんですか？」

「……さあね」

「でもさっき、廊下で会ったときは、ちゃんとわかりました。わかったっていうか、望月さん以外ありえないなって直感しただけだけど」

そう、と陽菜子は息を吐いた。

大河内のおかげでバリエーションは増えた、ものの、多少のクセは出ていたのかもしれない。あるいは、体型を変じることをおろそかにしていたかもしれなかった。次回からは気をつけよう、と反省点を心にとどめる。こんな状況では、次回があるかどうかもわからないけれど。

カタカタと、キーボードを打つ音がする。

パソコンにも、データの保存場所にも、何重ものパスワードをかけている。だが、解析ソフトがあれば辿りつくのは時間の問題だろう。惣真の手下は、本当に全員、やられてしまったのだろうか。惣真も陽菜子と同じように、穂乃香の報告書ですべて納得し、塚本を放置したのだろうか。電話は、なぜ繋がらなかったのか。

あの男が、そんなミスをするはずがない、というのは信頼よりも妄信に近い気がした。この期に及んで、陽菜子は惣真の打つ挽回の手立てを待っている。そのために時間を稼ごうと、足りない脳みそをさかんに動かし、考えている。

「凜太郎って、立派な頭領なのね。鵜飼さん……涼も、だいぶ心酔してるみたいだし」

「心酔っていうか、ぼくらはみんな、彼に感謝しているんです。あの人がいなかったら、里で無能扱いされて、虐げられて、かといって追い出されることもなく、ただ縛りつけられたまま一生を過ごすしかなかった」

塚本は、小さく笑った。

「初めてなんですよ。まともに生きられない証だと思っていた欠点を、受け入れるどころかおもしろがって、自由に活かせと言ってもらえたのは」

陽菜子の動揺は、隠したつもりでも瞳に浮かんでいたのだろう。あなたもそうなんでしょう、と口にしたその問いかけは、あのときカフェで、塚本が本当に言いたかったことなのだと、陽菜子にもわかった。

「あなたは、忍びである自分を否定したいわけじゃなかった。里がいやだっただけだ。

だから今、悩んでる。里に戻らず、忍びの道を歩み続けるには、どうしたらいいのかわからなくて」

「……わかったような口をきかないで、って言ったはずよね」

「里になんか属さなくても、落ちこぼれのままでも、自分を活かす道はある。きっとあるはずだって信じたかった。だから里を抜けたんじゃないんですか？」

塚本は、憐れむような、同情するような色を浮かべて、陽菜子を見据えた。

「誰かに勝手に決められた掟で、自分を縛る必要なんてないんですよ」

そうして優しく、幼子をあやすような声を転がす。

「あなたが里にあわせられなかったんじゃない。里が、あなたを抱《いだ》く器じゃなかっただけです」

「……黙って」

「会社だって同じです。ねえ、まわりを見てくださいよ。机だのパソコンだの、ここはあなたが戦うには狭すぎたでしょう？　もっと広い場所に行きましょう。あなたを活かせる場所で、のびのびと生きましょう。そのほうが、楽しいです。和泉沢さんよりぼくと一緒に行くほうが、きっと」

「黙って！」

立膝をついて陽菜子に顔を近づける塚本の鼻先が、陽菜子のそれに触れそうになる。肌が粟立ったのは嫌悪感、からだけではなかった。それ以上、塚本の言葉に耳を傾けていたら、未だほんのわずかに潜む迷いに、つけこまれてしまいそうで。

望月さん、と塚本が呼ぶ。

けれどその表情が、何かを察して、急に強張った。

「がっ……！」

響きわたったのは、涼の呻き声だった。

立ち上がった塚本が、何が起きたのかを確認しようとして、身体をのけぞらせる。その鼻先を、苦無《くない》がかすめていくのが陽菜子には見えた。けれど間一髪でよけたはずの塚本は、涼と同じように小さな呻き声をあげて、その場にふたたび、膝をつく。

「あんまり動かないほうがいいわよ。薬がまわるから」

聞き覚えのある声に、陽菜子ははっと顔をあげた。

「命に関わるものじゃないけど、痺れと眠気がひどくなるだけでいいことないから、大人しくしてるのが利口だと思うわ」

塚本は、顔をこわばらせたまま、首筋に刺さったダート——極小の注射器を抜いた。同時に、懐中電灯が落ちたせいで深くなった暗闇から、現れた人影を悔しそうに睨みつける。

「……目を覚ましたんですね」

「おかげさまで。それにしてもあなた、忍べないだけじゃなくて、おしゃべりも過ぎるんじゃない？　調べても出てこなかった情報を全部しゃべってくれてどうもありがとう」

「いいんですよ。ぼくは飛び道具ですから。使えるのは、一度の任務に、一度きり」

「ふうん？　まだそんなにちゃんとしゃべれるなんて、ずいぶんと丈夫なのね」

「言ったでしょう。ぼくは忍ぶ以外のことには、長けてるんです」

それでも、落ちた膝をもとに戻すには時間がかかるらしい。太ももから下を小刻みに震わせながら懸命に立とうとする塚本を横目に、穂乃香は、パソコンの前で倒れた涼に近づいた。そして、パソコンに刺されたＵＳＢのようなものを奪いとり、その場で軽く粉砕する。

「ヒナちゃん、悪いけどこれ強制シャットダウンしちゃうわねー」

「あ、う、うん……」

軽やかに言って、穂乃香はパソコンのコンセントを引き抜く。ずいぶんと手荒だが、現状、もっともてっとりばやい方法だった。

塚本は苦笑した。

「全員倒したと思ったんだけどな。……ちなみに、ぼくらの仲間も何人か待機してたはずなんですけど」

「あたしが無傷でここにいるっていうのが、すべてよね」

「凜太郎さんは」

「うちの惣ちゃんが負けるわけないじゃない？」

艶然と微笑む穂乃香に、塚本の苦笑は深くなり、陽菜子の胸は熱くなった。

——穂乃ちゃんだ。本物だ。

塚本は額に脂汗を浮かべながら、それでもどうにか二の足で立つと、穂乃香の——いや、涼のもとに寄る。そして、塚本と違って薬が一気にまわったらしい涼を肩にかつぎあげた。

「逃がしてくれますかね」

「ま、捕らえるのもあたしの役目じゃないし。あなたとの武力勝負で、あたしは勝てそうにもないし」

「ありがとうございます」

軽く頭をさげると、塚本は深くて長い息を吐いて、陽菜子をふり返った。

「残念ですが望月さん、今日はこのへんで」

「……二度と、会いたくはないんだけど」

「そうですか？　でもぼくは、……諦めたわけではないので」

言うやいなや、塚本は小さく跳んだ、……気がした。

気づいたときには廊下に通じるドアが揺れて、二人の姿は消えていた。

「たしかに、忍ぶ以外はけっこう優秀みたいね、あの人」

「穂乃ちゃん……」

「ごめんねえ、ヒナちゃん。遅くなっちゃって」

あたりの気配を探り安全と判断したのか、ようやく穂乃香は陽菜子に寄って、テグスを切った。

塚本は、相当な武術の使い手なのだろう。涼はへたくそと言っていたが、関節の外し方はかなり上手で、痛みもほとんどなく自分で入れることができる。

乱れた陽菜子の髪を整えながら、穂乃香は呆れたように笑った。

「ばかね、一人でこんなこととして。足洗えって言ったのに」

「……いつ、目を覚ましたの？　入院してたのは、フェイク？」

「ううん。意識不明になったのはほんと。次の日には目覚めてたけど。たぶん、塚本のことを探ってたことが知れたのね。鵜飼の奴、思いきり殴ってくれちゃって。次に会ったら倍どころか十倍にして返してやろうと思ってたけど、かわりに仇討ってくれてありがとう」

「次の日……ってことは、森川さんが送ってくれた寝顔の写真は……」

「ああ！　あれは本物。目覚めるちょっと前に来たみたい。ヒナちゃんが撮れって頼んだんだって？　まったくなんてことしてくれたのよ。あの男に寝顔見られて、なおかつ保存されるなんて一生の不覚だわ」

「ひててて、ほのひゃん、ひはい」

両頬を思いきりつねって引っ張られ、涼や塚本にやられたときよりも大きな悲鳴を陽菜子はあげる。

穂乃香は、おかしそうに声をたてて笑った。

空元気でも、演技でもなく、本当に回復したのだとそれでわかる。そうして穂乃香は、ぬくもりを分け与えるように、いつものように陽菜子をぎゅうと抱きしめた。

「……ほんと、おばかさん。塚本の口車にも乗せられそうになっちゃって」

香水をつけなくても、穂乃香からはバニラのような甘さがにおいたつ。ああ、これが陽菜子の〝家〟のにおいなのだと、ふと思った。会長の家の玄関を開けたときにいつも香る、上品な白檀《びゃくだん》。郷愁と優しさの漂うそうしたにおいこそが帰る場所の象徴なのだろうと憧れていたけれど、陽菜子の心を何より安らげてくれるのは、穂乃香の肌に沁み込んだ汗とバニラの入り混じったにおいなのだ。

穂乃香の背中に、腕をまわす。

「おかえり、穂乃香ちゃん」

言うと、穂乃香は一瞬、虚を衝かれたようにかたまった。そして、陽菜子を抱く腕によりいっそうの力をこめる。

「……ただいま。ヒナちゃん」

そうして二人は身体を離し、吐息のくすぐりあう距離で笑う。

穂乃香は、陽菜子の腕をとって、ともに立ち上がった。

「さてと。原状復帰しなくちゃね。まったく鵜飼ったら派手に暴れてくれちゃって」

「壁に苦無を突き刺したのは穂乃香ちゃんだけどね」

「あたし上手だから、画鋲が刺さった程度の小さな穴しか開けてないわよ。ま、安心なさい。明日の朝、ヒナちゃんが出社するときまでには元通りになってるから先に帰ってて」

「え、わたしも手伝うよ。このまま夜明かししたほうが出社もラクだし」

「やだあ、ヒナちゃんってば。そんだけ動いてシャワーも浴びない気？　まわりに迷惑だからやめときなさい。メイクだって家のほうが直しやすいでしょ」

「でも……」

「あたしのことなら心配しないで。病院にひきこもってたせいで体力はありあまってるし、柳の追撃がこないとわかればちゃんと帰るから。ヒナちゃんのＩＤカードはとっくにコピー済だから、堂々とゲートも通れるしね」

「……最悪だね？」

「それより、ヒナちゃんには最後にいちばん大きなお仕事が残ってるでしょう？」

「お仕事？」

「そ、お仕事」

穂乃香は思わせぶりに笑うと、陽菜子の背をそっと叩いた。

「元許婚との、話し合い」

まだ星の瞬く闇のなか、陽菜子が向かったのは皇居だった。

指定されたわけではなかったけれど、惣真はそこにいる、と疑わなかった。かたく閉ざされた門扉の向こうに、陽菜子はテグスをからめた十手を投げる。樹の枝にくくりつけられたのを確認すると、助走をつけて高く飛んで門扉を越える。

半年前、七年ぶりに再会したときと同じ、小高い丘に惣真はひとりで立っていた。

いつもの伊達眼鏡はかけていない。闇夜に溶けるはずのダークグレーのスーツには埃が浮いて、月明かりに照らされほのかに光っている。乱れてはいたが少なくとも目視できる範囲で血を流している様子はなく、そのことに思いのほか安堵している自分に、陽菜子は戸惑う。

「凜太郎は、追い返したの」

聞くと、惣真は鼻で笑った。

「誰にものを聞いている」

「鵜飼が忍びだってことは、いつから気づいていたの?」

「確証を得たのは穂乃香が襲われたときだ。だが、忍びに限らず、どこに間諜が潜んでいるとも限らない職場だからな。基本的に裏切り者しかいないと思っていれば、たいていのことには対処できる」

「疲れない? そんな、疑ってばかりの生活」

「心躍るね」

「……歪んでるわ、ほんと」

陽菜子は肩をすくめて、惣真と向き合ったまま、しばし見つめあった。そこに艶っぽさは欠片《かけら》もなかったけれど、かわりに、いつもの胃が縮み上がるような痛みもなかった。

深くて暗い森のようで、同時に波のない静かな湖のようだ。と、陽菜子はときどき、惣真を見て思う。心鎮まれば、水が方円の器に随《したが》うがごとく、苦労なく状況に応じることができるのだと、かつて里で教わった。人の精神力に本来、自然の法理が備わっている。木火土金水《もっかどこんすい》——万物を構成する元素のすべてが人の身の内にも循環しているのだと。自然と肉体を無意識に添わせることのできる者だけが、忍びの術を極意に近づかせることができる。それを、いつだって惣真は実践していた。だから彼は、風にも水にも炎にも、そして空《くう》にもなれる。嫌いだけど、会うたび胃は縮みあがるけれど、でも誰よりも、穂乃香ですら及びのつかないほど確固たる忍びとしてありつづけるその姿に、陽菜子は昔から憧れていたのかもしれない。

「ずっと、聞いてみたいことがあったの」

驟雨《しゅうう》を予感させる、明け方なのに重たくて生ぬるい空気が、二人を包み込む。

「惣真はどうしてそんなにも里を守ろうとするの。忍びという生き方を、迷いなく貫けるの」

そこに生まれたから、なんて単純な動機とは思えなかった。唯々諾々と生まれに従うような、そんな殊勝さを備えているとも、思えなかった。

惣真の、右まぶたがぴくりと動く。

陽菜子の真意を探るように、わずかに、深淵を感じさせる瞳に光が宿る。

「逆に聞きたいね。お前はどうしてそんなに飽きもせず迷いつづけていられるんだ。時間の無駄とは思わないのか」

「さすがに飽きてきたから聞いてんのよ。どうしたら……そんなふうに自分の正しさを信じられるの」

「信じてなどいないさ。自分も他人も、世界も、何も」

「……え？」

「ただ、壊れてほしくないものがあるだけだ。どっかの馬鹿なガキが誰にも傷ついてほしくないとみっともなく泣きわめいたようにな」

皮肉を付け加えなければ死ぬ病にでもかかっているのか、と思いながら陽菜子は惣真を見返す。

「……惣真も泣きわめいたことがあるの」

「そんな無様をさらすくらいなら死ぬね」

「じゃあ、壊れてほしくないものってなに」

問うと、惣真はさあな、と視線をそらす。そして、やがて、

「芸といふものは実と虚《うそ》との皮膜の間にあるもの也《なり》」

と、ひとりごちるように言った。

「近松門左衛門《ちかまつもんざえもん》の言葉だ。俺たちの生業と、それは似ていると思わないか」

「……近い、教えがあったわよね。忍術書に」

「人の心の虚実も的確にとらえて仕掛けるが忍びの術。だからこそ己の心は虚で装い、実を悟らせないため無我無心の境地をめざす。お前のもっとも不得手とするものだが」

「……いちいちうるさいのよ、あんたは」

「なんて美しいのだろう、と子供ながらに震えたね。実と虚を行き交い、あわいを生きることで心技体を磨いていく。技ひとつで国を亡ぼす力を得ながら、我心を殺し、正心につとめる。その極致にたどりつきたいと思った。それだけだ」

それはたぶん、生まれて初めて聞く、惣真の本心だった。

「……そこまで話してくれると思わなかったわ。もしかしてわたし、このまま殺されるの？」

「返答次第ではそうするかもな」

そう言って、瞳の奥に殺意に似たものを孕《はら》ませ、惣真は陽菜子を睨み据える。

「選べ。今ふたたび忍びの技を封印し、二度と禁を破らないと誓うか、それとも——

これまでの不徳を詫びて、里に戻るか」

突きつけられた選択を前に、迷わなかったといえば、嘘になる。

けれど陽菜子は決めていた。自分がどの道を選ぶか。どう、生きるかを。

「わたしは——」

打算や迷いを射抜く次期頭領の鋭い問いかけを、初めて真正面から受けとめて、陽菜子はまっすぐに返す。

「わたしには、忍び以外の道はない。落ちこぼれでも、役立たずでも、その生き方は変えられない」

普通の人に、なりたかった。

里に縛られることなく、誰かを必要以上に傷つけたり、騙したりすることなく、平凡な幸せを手に入れたかった。

無理だ、ということはもう、身に沁みている。

けれどそれは里のせいではない。忍びとして生まれ育ってしまった自分を、陽菜子自身が手放すことができないから。――その点だけはたしかに、塚本は正しい。だが陽菜子は、自分を縛るすべてが窮屈だとは思えないのだ。たとえ、それが、あれほどまでに憎んだ父やそれに象徴される里であっても。

「だから技は封印しない。でも、里には戻らない。対立するつもりはないけど、いいように使われるつもりもないし、父に頭を下げるなんてまっぴらごめんよ」

「……そんな勝手が許されるとでも？」

「許されなくたっていい。わたしはこれからも、自分が守りたいと思った人のために力を使う。惣真にも、里にも父にも、邪魔はさせない」

それが陽菜子の出した、答えだった。

以前ならば、そんなことは筋が通らない、認められない、と端《はな》から諦めていた選択だった。

「お前らしい浅慮だな。守りたいもの、なんて感情論だけで動いて、矛盾が生じたらどうするつもりだ。ぼんくらを助けることが俺たちの――穂乃香の不利益につながることになったら？　みんな幸せなんて世迷い言は通用しないぞ」

「させる方法を考えるわよ。忘れたの？　わたしの唯一の得意技は変身術よ。わたしには確固とした〝顔〟がないの。でもそういう、顔のない忍びだからこそ隙間を縫って生き延びることができるかもしれない。掟や道義に縛られつづける惣真たちには見つけられない道を、探しあてられるかもしれない」

衝かれたように、惣真は目を細めた。まだ太陽が地平線を染めあげてもいないのに、どこか、眩しそうに。

「里はそんなに甘くないぞ。お前を破滅させることくらい容易だ」

「そうね。だからとりあえずは、大河内さんに後ろ盾になってもらうことにした」

陽菜子の言うすべてを、惣真は想像していたのだろう。

怒りも、嘲笑も、失笑も、その顔には浮かんでいない。ただ、陽菜子の決意を試すように、ゆるぎない視線を注ぐだけ。

「でも勘違いしないで。わたしは、一方的に守られるために彼につくんじゃない。今はまだ、力が足りないから。一人で生きていくために、彼のもとで力を得るの」

――あなたを利用させてください。

そう告げると、大河内は愉快そうにひょっひょっと笑った。

――あたしを〝繋ぎ〟にしようとは、たいした度胸だの。

けれど陽菜子にはわかっていた。大河内のように実力も権力も手にした者が求めるのはさらなる富と名声、あるいは金では買えない心躍らせる何かだ。そして大河内は、陽菜子程度がもたらす富には興味がない。

忍びの目的はただ一つ、本懐を遂げることだけ。目的を達するためならば、道化だろうと使い捨ての駒だろうと何にだってなれるとはじめて陽菜子は思った。肚を括ることがこんなに清々《すがすが》しいことだなんて、陽菜子は知らなかった。わたしは忍びの〝実〟を想い違えていたのかもしれないな、と今さら悔いる。惣真に馬鹿にされて当然だ。もっとはやくわかっていたら、里に属しながら陽菜子の本懐を遂げるすべも見つけられていたかもしれない。だが——。

一度失ったからこそ、ようやく見えた道もある。

「手を組みましょう」

陽菜子は臆することなく、惣真に告げる。

「わたしは里の外に、忍びとして生きる道を探す。惣真にとって利用価値のある相手だけじゃなく、敵対するような相手ともわたしがパイプをつくることができれば、ゆくゆくは里の得にもなるはずよ」

「——たとえば？」

「和泉沢に森川さん。それからそうね……柳、とか？」

思わせぶりな陽菜子の流し目に、惣真は「は！」と盛大に鼻を鳴らす。だがいつものような厭味は続かなかった。

「事が済んだら一度里にもどれ」

馬鹿かお前は、と罵られることも覚悟していた陽菜子は、その静かな返答に目を瞬いた。

「頭領には自分で報告しろ。最低限の根回しくらいはしておいてやる」

「え、いい……の？」

「いいかどうかは頭領が決める。俺の知ったことじゃない。お前の不始末をこれ以上、俺の責任にされてはかなわない」

「ひどい言い草ね。あんたも悪くないと思ったから乗ってくれたんじゃないの」

「幼児が文字を覚えた程度の成長で俺と同列に立ったと自惚れられるお前の程度の低さが羨ましいよ。せめて漢字を書けるようになってから大口を叩くんだな」

「幼児が文字を覚えるのは偉大な一歩じゃないのよ」

「だが、いいのか」

「なにが」

「ぼんくらのことだ。忍びの道と、あいつとの道を、重ねるのはそう簡単なことじゃない」

ああ、と陽菜子はなんてことないというように苦笑した。

「大丈夫よ。わたしとあいつは、同期で友達。縁が切れるわけじゃない。あんたたちにそうやすやすと利用はさせないけど、でも、必要なパイプはつながるように努力する」

「……そういうことじゃない」

「そういうことよ」

有無を言わせぬ口調で、陽菜子は言う。

隣で歩くことだけが、ともに生きるということではない。今は、胸は痛むけれど、迷いなくそう思うことができた。

穂乃香や惣真と、陽菜子の関係と、同じように。

一蓮托生、にはなれなくても、手を組んで、支えあうことはできるはずだと。

「わたし、我儘なのよ」

空の向こうがほんのり、黄金色に染まり始めたのを見ながら、陽菜子はうんと両手を伸ばした。

「守りたいのは、和泉沢だけじゃない。里そのものはまあ、どうでもいいけど。でも穂乃ちゃんや……あんたが危ないときには、ちゃんと駆けつけられる自分でいたい」

「お前に助けを求めるようじゃ、俺たちは終わりだ」

「そりゃそうだけど。でも助かったでしょ？　今回は。わたしがいなかったら、データは奪われてたわよ。奪わせたあとで取り返す算段だって、そりゃあつけていたでしょうけど」

——里はいずれ滅ぶ。

そう、大河内は言った。

——あんたの出奔《しゅっぽん》は、いい勉強だったんじゃな。あの坊主は、里という組織と、組織になじめぬ個人を、つなぐしくみをつくろうとしちょる。

詳しくは、教えてはくれなかった。

もしかしたらそれは、陽菜子を忍びの道に引き戻した方が得だし愉快でもある、という大河内によるただの陽動なのかもしれなかった。けれど。

——あんたが思うより、あの坊主にとってあんたの存在は大きいようだな。

守りたかった。

ともに、生きたかった。

和泉沢だけでなく、穂乃香とも、惣真とも、お互いに守りあえる道を。

「……とりあえずは、アフリカの件がおさまってからだ。あいつらがこれで引き下がるわけないからな」

「じゃあ今回も、利害一致で協力しあうってことで」

「足手まといになるなら即座に切り捨てるからな」

そう言う惣真にいつもほどの鋭さはなく、陽菜子は珍しく勝ちとった達成感に胸をふくらませていた。

握手も、誓約も、かわさない。

けれどそれは初めて、陽菜子と惣真が対等に手をとりあった瞬間だった。

5

正式に大河内の手下になったからといって、とくに大きな変化を求められることはなく、涼を返り討った報告も兼ねて、土曜はいつもどおり道場へと足を向けた。

創もおるぞ。

と言われたのに、望月陽菜子とは異なるメイクをほどこしたのは、柳をよりいっそう警戒したから、ではなくて、塚本の言葉が引っかかっていたからだ。

「あれえ、望月。どうしてこんなところにいるの？」

玄関先で出くわした和泉沢が頓狂な声を出したとき、はじめて大河内の、面食らったような顔を見た。けれど陽菜子はもう、驚きもしないし屈辱を感じたりもしない。

「ときどき将棋の相手に呼ばれるのよ。……ですよね、大河内さん」

「ん？　ああ、まあ、そういうこった」

「そうなんだ。いつもじいちゃんの相手もしてくれてるし、望月って強いんだねえ」

「とりあえず二人とも、あがれ。小春……は、今日はええか。茶を淹れてやるから、そこの部屋で待っとれ」

今の陽菜子を、陽菜子として認識できない孫を居合わせるのも面倒だ、と思ったのだろう。大河内が顎をしゃくって示したのは、革張りの立派なソファの置かれた応接室だった。

いつもは玄関から声をかけたあと――出迎えた小春や手伝いの者に〝お久しぶりです〟と言われたりしないか確かめるテストである――裏手の道場へ直接まわるので、家屋のほうにあがるのは初めてだ。床板の軋《きし》みが老朽の証ではなく趣きとなり、一目では全体像が想像できないくらい奥行きがあるのは会長宅と同じだが、おそらくは敵も多かったのだろう大河内の邸宅は、廊下は小さく曲がりくねっているようで死角も多い。玄関わきに応接室を置いているのも、そのすぐ向かいに手洗いがあるのも、侵入を防ぐためだろう。

応接室は全面ガラスの窓から見える庭に面しているけれど、それもまた侵入者をいちはやく察知できるように、であるのだろうし、廊下からは逆に中を覗きこむこともできなければ、一切の音も漏れでない仕組みになっていた。もっとも、応接室から廊下の様子を知る仕掛けは、ちゃんと施されているのだろうけれど。

一歩足を踏み入れるごとに、奇妙な懐かしさが陽菜子にまとわりつく。

そこに漂う空気は、陽菜子の育った里の実家や、里に建てられた多くの忍者屋敷と酷似していた。

「大河内さん、手伝います」

背中を追うと、大河内は煩わしそうに手を振った。

「いい、いい。茶ぐらいあたしにも淹れられる」

「いえ、そうではなくて。自分で運ぶので、かわりに少しお時間をいただきたいんです。和泉沢に、話をしなくてはいけないので」

ほう、と大河内は両瞼をあげて、唇を尖らせた。そんなおどけた表情を見るのも、初めてだった。

「ま、盗み聞きは遠慮してやろうかね。終わったら、道場にきなさい。水曜の反省点を、みっちり叩き込んでやる」

「和泉沢がいるのに、ですか？」

「あいつには今日頭に叩き込むべき本を応接室に用意してある。読み始めたら数時間は出てこんよ」

台所は大河内の領分ではないのだろう。応接室や廊下とはまた違う、所帯の柔らかさが濃厚に漂っていた。

沸かした湯を急須に入れ、盆に載せて運ぶ途中、ふと目眩とともに錯覚に襲われる。

お茶、入ったよ。ちょっとは休憩したら？　と陽菜子が応接室のドアを開けと、あーごめんあと少しで読み切っちゃうから、と開いた本から顔をあげることなく和泉沢が答える。その隣に腰をおろし、なんの本読んでるの、と何気なく覗きこむと、興味をもたれたことが嬉しいのか、これはねえ、デンマークで同僚にすすめられたやつなんだけど……と、早口で前のめりで、陽菜子にわかるはずもない専門用語で和泉沢が語り始める。

そんな他愛ないひとときが一瞬、煙のようにたちのぼって、消えた。

「ごめんね、望月。やらせちゃって」

「運んだだけだよ。淹れるのは和泉沢がやってね。まあお湯を注いだのはわたしだから、あんまり意味ないかもしれないけど」

時間が許せば、手間を惜しまず、自分でコーヒー豆を挽いて香りを楽しみ、茶葉を蒸らしてふくらんでいく様子を眺めるのが好きだという和泉沢は、会長宅ではもちろん、同じ部署で働いていたときは会社でも、よく休憩時間にお茶を淹れていた。誰かが高い茶葉を使うより、和泉沢が淹れたティーバッグの茶のほうが香りが引き立つから、和泉沢が休憩するタイミングを見計らって、同僚たちはみんな自前のマグカップを手に集ったものだ。


――やだな。なんか、走馬灯みたい。

感傷的になっている自分を笑い、ドアを閉める。

湯呑に茶を注ぐ和泉沢の横顔は、食事をふるまうときの華絵のそれによく似ていた。他人からの愛情を受けとることも、惜しみなく与えることにも、てらいのない慈しみに満ちた表情。その屈託のなさは、どれだけ完璧に演じようとしても穂乃香にさえ醸すことのできない、和泉沢に出会うまでの陽菜子が、触れたことのない類のものだった。苦労知らずの甘さと呑気さを象徴してもいるから、出会った当初は苛立ってもいたけれど。決して手に入れることができないからこそ、焦がれ、渇望し、恋をした。

「そういえば、望月は宿題とけたかなあ、ってじいちゃんが言ってたよ」

隣ではなく、向かいのソファに腰をおろし、行儀のいい和泉沢の指先を、刻みこむように見つめる。

「ああ……まだなのよね。全然、思いつかない」

「将棋のこと、なんだよね？」

「うん。どう考えても詰んでるのに、まだ道はあるだろうって会長はおっしゃるのよ。あがいて多少息を存《なが》えさせたところで、詰んでることには変わりないのにね」

「あがけ、って言ってるんじゃないの？　簡単に負けを認めちゃだめだ、って」

「まあ、そうなんだろうけど、負けが見えてる手を打つのが正解とも思えないし」

「奥が深いよねえ、将棋って。ぼく、将棋サークルだったわりに苦手でさ。長らく手を出してなかったんだけど、大河内のじいちゃんに、やってみろって言われてるんだ。ぼくに足りないのは戦略と先読みの思考だから、って」

「そういえば、和泉沢はここに何しにきたのよ」

「えっとね。いわゆる帝王学レッスンってやつ？　経済はともかく経営のセンスはゼロだから基礎から学び直せって。そこにある本、全部読まなきゃいけないの」

そう言って和泉沢は、壁の本棚を視線で示した。経営組織論、という文字の入ったタイトルが少なくとも五冊は並び、資本主義とは、民主主義とは、経営戦略とは、と表紙だけで眠くなりそうな本がずらりと並んでいる。勉強するのは苦ではない、という和泉沢もさすがに閉口しているらしい。

「大河内のじいちゃんは昔から容赦ないんだよなあ。子供のころ、道場で座禅を組まされたの思い出した。竹刀《しない》で喝をいれるときも手加減しないから、もうぼく、トラウマ。おかげで今も全然、逆らえないの」

「期待されてる証拠じゃない。頑張りなさいよ」

「他人事だと思って軽く言うなあ」

「だって他人事だもの。わたしには関係ない」

その声に含まれた棘に、和泉沢が気づかないはずがなかった。

顔をあげ、不意に真顔になった和泉沢は、湯気の立つ湯呑を陽菜子の前に置く。庭で咲き誇っている沈丁花《じんちょうげ》の葉と同じ、若草色の透きとおった緑茶から、甘いにおいがのぼって陽菜子の鼻先をくすぐった。

そのにおいに絆《ほだ》される前に、和泉沢が何か言う前に、陽菜子は矢継ぎ早に告げる。

「わたし、やっぱり和泉沢とはつきあえない」

そして、床に置いておいた鞄から、ボルドーのケースをとりだし、机に載せた。

「これも、返すね。せっかく買ってきてくれたのに、ごめん」

「……どうして？」

問う声に、責める様子はもちろん、怒りや悲しみもなく、こんなときでも陽菜子をふんわり包みこむような優しさが滲んでいた。陽菜子は、笑った。

「考えてみたんだけど、やっぱり想像がつかないのよね。和泉沢と、なんていうの？色恋の関係になるなんて。次期社長の恋人、なんていうのも荷が重いし。この先どうなるかなんてわからないのに、まわりの見る目が変わっちゃうじゃない。同じ会社で、働きづらいよ」

「ぼくは、この先のこともちゃんと真剣に考えてたよ」

「だからそれが重いんだってば」

どういう態度をとるのがいちばん説得力があるだろう、とずっと考えていた。よよと泣いて詫びるのはわざとらしいし、茶化しすぎてもきっと和泉沢は疑う。申し訳なさそうに、でも深刻すぎず、なるべく、普通に。いつもの雑談をするような音をどうすれば出せるのか、ここに至るまでの時間をすべて費やし、考えていた。

うまくできているかどうかは、わからない。

人生で、もっとも難しい任務かもしれないと、陽菜子は思う。

「ごめんね」

泣き笑いのような表情、というのが、古今東西の小説や映画をさらってみて、たどりついた陽菜子の最適解だった。

「じゃあまあ、そういうことだから」

鞄をひっつかんで立ち上がり、そそくさと出て行こうとした陽菜子の前に、和泉沢が立ちはだかる。いつもはぼんやりと動作の遅い、和泉沢らしからぬ迅速さだった。

ドアをふさがれ、なにこれ昔のトレンディドラマみたい、と笑いだしてしまいそうになる。けれど和泉沢が陽菜子をみおろす目は真剣で、冗談めいた色はかけらも浮かんでいない。

「それ、本心？」

はじめてその目が、怖いと思った。

「あたりまえでしょ。こんなことに、嘘ついてどうするの」

「でもぼくには、本当のことに聞こえない」

「なにそれ、怖いんだけど。自分で言うのもなんだけど、フラれた相手にその態度って、けっこうなストーカー予備軍よ？」

「でも」

「あんまり深刻にならないでよ。ほら和泉沢も言ってたじゃない。友達でも恋人でもどっちでもいい、って。わたしも、和泉沢のことがいやになったわけじゃないの。ただ、恋人っていうのがしっくりこないってだけで」

和泉沢が答えないから、陽菜子が話すしかなくなる。次第に早口になっていく、ことさらに明るい物言いが〝だめ〟だということくらい、陽菜子にだってわかっていた。けれど、口をつぐんで訪れる沈黙が、真正面から和泉沢のまなざしを受け止めねばならないことが、怖くて止められない。

「恋人、にはなれないけど、これまでどおり相談に乗ったり話をしたりするくらいは、かまわないから。まあ、和泉沢がいやでなければ、だけど。だからねえ……そこ、どいて?」

和泉沢は、動かない。

見つめるまなざしも、揺るがない。

「……大丈夫よ、あんたならまたすぐ彼女ができるから。女を見る目さえ改善すれば、あんたの良さも家のことも、ちゃんとわかって支えてくれる子がきっと現れる。あんた、ぼんくらだしあんぽんたんだけど、いい奴だもの」

和泉沢がこれまでフラれ続きだったのは、和泉沢が悪いのではなく——まあ、多少は頼りなかったり、女心を置き去りにしすぎたりしたせいもあるだろうけど——徹底的に女を見る目がなかったからだ。陽菜子を好きだなんて言いだしたのが何よりの証拠だ。群がる女性はあまたいるはずなのに、どうしてよりにもよって陽菜子を見出してしまったのだろうと、今は憎らしくてならない。

「彼女ができたって、結婚したって、友達でいることはできるから。だから……」

言葉が咽喉につっかえて、陽菜子は唐突に黙りこんだ。だめだ、だめだ、と言い聞かせるのに言うべき言葉が見つからない。それ以上、続けられない。

笑みが歪みそうになり、陽菜子は和泉沢から目をそらす。「ごめん、どいて」と押しのけようとしたその手を、和泉沢が強引につかんだ。

「離してよ」

「……いやだ」

「なんでよ。あんた、これまでもフラれたら早々に退散して、わたしに泣きついてきてたじゃない」

「そうだよ。何があっても、ぼくには望月がいたから。だから、安心してフラれることができたんだ」

「いや、意味わかんないから。そりゃわたしにフラれた愚痴をわたしが聞くことはできないけどさ、それくらい我慢しなさいよ。探せばいるでしょ、だれか一人くらい」

「いないよ」

聞いたこともないほど、決然とした声で、和泉沢は答える。

「いないよ。望月のかわりなんて、どこにも」

——なんで。

笑うことも、怒ることも、冗談めかしてかわすこともできなくなって、陽菜子はただただ、立ち尽くす。和泉沢につかまれた手が、あつかった。これ以上、耐えきれる自信がなかった。

「どいて。……離して」

「いやだ」

「いやだじゃないわよ。どいてってば！」

それほど力はこめずとも、和泉沢を振り払うくらい、陽菜子にはたやすい。けれど乱暴に手を抜いた陽菜子を、和泉沢は思いきり抱き締めた。

あまりのことに、硬直する。その拍子に、鞄も落ちる。

「……なに、してんの」

和泉沢の胸に顔を押しつけられて、陽菜子のくぐもった声が漏れる。

「離してよ。あんたのことなんて好きじゃないって言ってるでしょう！　なのになんで、そんなにしつこいの！」

もはやその叫びが、演技なのか本心なのか、陽菜子にはわからなかった。ただ、制御しきれない状況に、驚きよりも恐怖が襲ってくる。

——なにこれ。なにこれ。……なにこれ！

身を挺して柳や涼と戦ったときだって、こんなにおそろしくはなかった。全身をこわばらせる陽菜子を、けれど和泉沢は、さらにきつく抱きしめる。

「……ごめん」

その声には、戸惑いが、滲んでいた。

「でもぼくにはさっきから……望月がぼくを好きだって言ってるようにしか聞こえないんだ」

「……なに言ってるの。頭おかしいんじゃないの」

「わかってる。ぼくだって何を言ってるんだろうって思うし、冷静に考えたらめちゃくちゃヤバい奴だよ。でも」

和泉沢の、吐き出す息もふるえていた。

和泉沢もこわいのだ、とそれでわかる。

——どうして。

思い起こされたのは、塚本の言葉だ。わかりやすく目に見えるものではなく、陽菜子の〝かたち〟をとらえようと思ったのだと言った、彼の。

――どうして、いつも。

和泉沢は、最初からそうだった。陽菜子のつくられた顔なんて、見てやしない。いつだって陽菜子の本質をとらえようとして、〝かたち〟をとらえて触れようとして、顔がないはずの陽菜子をどこに紛れていたって真っ先に見つけだす。そうして友達になりたいと手を差し伸べるのだ。何度も、しつこく、諦めず。

いつだって陽菜子に助けを求めているようで、手を差し伸べられて救われていたのは、たぶん、陽菜子のほうだった。

「……むりなの」

そのときはじめて、陽菜子は、諦めた。

「わたしは、あんたとは、いられない」

咽喉の奥が痙攣《けいれん》して、言葉がうまく、紡ぎだせない。

そんな陽菜子を抱きしめたまま、和泉沢は静かに、囁くように問う。

「それは、望月がぼくに隠していることと、何か関係があるの？」

答えないのは、肯定したのと同じだ。

否定しなければ、と理性は強く訴えかけるのに、ごまかすことはできなかった。感情を、押し殺すことは、できなかった。

「……わかった」

そう言って和泉沢が宙を仰いで息を吐くのが、気配でわかる。ほんの少し、背中にまわされた腕の力はゆるんだけれど、陽菜子にはもう、押しのけることはできなかった。

和泉沢から、オレンジの効いたハーブのようなにおいがほんのり香る。さりげなく甘く、爽やかで、どこか雨に濡れたあとの葉っぱのような瑞々しさもあって。陽の光をめいっぱい吸いこんだ草原をも思い起こさせる香り。幼いころ、穂乃香たちと一緒に山の中を駆けめぐり、大地に寝転んだとき不意にこんな香りが漂うことがあった。

よく似合っている、と言わずに思う。ずっと嗅いでいたくなる、心地よさ。穂乃香のそれとは異なるけれど、これもたしかに陽菜子の〝帰る場所〟に似ていた。いや、ちがう——帰りたかった、場所だ。

やがて、長い沈黙のあと、和泉沢は言った。

「好きだ、なんてもう言わない。だから最後に教えてほしい」

身体を放し、和泉沢は陽菜子の目をまっすぐ、覗きこむ。

「望月は、ぼくのこと、どう思ってるの」

「え……」

「今日のことは、ぼく、全部忘れることにする。だから……今だけ、教えて。望月の本当の気持ち」

見ないでほしい、と思った。

陽菜子のかたちを、全部見透かそうとする和泉沢のまなざしを一身に受けては、ごまかすことができない。

瞼の裏が、熱くなる。何か言おうとして、唇がわななく。咽喉のふるえも、叫び出したくなる衝動も、全部をこらえようとすると呼吸が止まって、かわりに視界が歪んで、ぼやけて。

「…………すき」

ああ、これが。

自然に泣くということなのだと、陽菜子は思った。

「わたしも、和泉沢のことが、好き」

とぎれとぎれの声を発したとたん嗚咽《おえつ》が漏れて、もう一度、和泉沢は強く陽菜子を抱きしめた。何かをこらえるように息を溜め、荒い呼吸をくりかえす和泉沢の腕のなかで、陽菜子は子供のようにしゃくりあげた。

決めたのに。

忍びとして、ふたたび、生き直すのだと。

これまで以上に、自分を殺して生きなければならないのに。

できない。和泉沢と一緒にいると、できなくなる。ああ、だからだ、と陽菜子はようやく得心がいく。和泉沢に迷惑をかけたくない。自分のせいで和泉沢の立場を危うくもしたくない。それももちろん本心だけれど、それでも守ると言い切れないのは、和泉沢と一緒にいるときの陽菜子が、こんなにも弱く脆《もろ》くなってしまうから。

くしゃくしゃに歪んだ陽菜子の顔をいとおしそうに和泉沢は見つめ、涙で濡れた頬を撫でた。ますます溢れ出る涙を、止めるすべを陽菜子はもたない。けれどどんなにみっともなくて、抑制のきかない陽菜子のことも、和泉沢は全部、許してしまう。

はらはらと、こぼれ続ける涙を飲むように、和泉沢がそっと頬に口づけた。慣れたしぐさ、ではもちろんなくて、こわごわと――自分が拒絶されることをおそれるというよりは、陽菜子を壊してしまわないようにとそっと触れたぬくもりは、すべるようにして今度は、唇におりてくる。

すれちがうような一瞬の重なりのあと、和泉沢は陽菜子から手を放した。

そして、机の上に置いたままのケースをとって、陽菜子に差し出す。

「これは、望月がもっていて。……そのほうが、ぼくは嬉しい」

和泉沢はきっと、本当に、明日になればすべて忘れてくれるのだろう。だから陽菜子は、わかった、とうなずく。つくりものではない感情を、表情にするのはとても難しいことなのだな、とぼんやり思う。

涙をぬぐい、拾った鞄にケースをしまうと、陽菜子は真っ赤な眼のまま部屋を出た。すぐさま手洗いに駆け込み、鏡を見つめ、その表情を網膜に焼きつける。和泉沢のくれた涙を、赤い目を、永遠に忘れまいとするように。

決して手に入れることのできないはずだったものを得た陽菜子は、きっと忍びとしても、これまで以上に強くなれる、はずだから。

*

かろうじて薄目を開けてはいるものの、ほとんど意識を失い、白目を覗かせている涼を抱えながら塚本は地下駐車場へと向かった。待機していた仲間の運転するシルバーのセダンに乗り込み、発車したのを知るとようやくほうっと息を吐く。

——嫌われちゃった、かな。

里にいるときから、そうだった。塚本がよかれと思ってすることはだいたいにおいて空まわる。陽菜子を仲間に引き入れることができれば凜太郎の役にも立てるし、なにより陽菜子のためにもなるだろうと思っていたのだけれど。

塚本はただ、陽菜子に自由になってほしいだけだった。

凜太郎とならばそれができると伝えたかっただけだった。

薬が効いたせいなのか、塚本の膝の上でときおり痙攣している涼の額を撫でる。塚本の育った里もずいぶん封建的で、時代にそぐわない独自のルールがまかりとおっていたけれど、涼の里ほどではなかったと思う。涼は、里でもいっとう階級の低い家の出なのだと言った。一族代々、たいした能力を示すことも任務に貢献することもできず、里全体に仕える使用人のような扱いを受けていたところに、珍しく見目麗しく少女のような風貌に生まれた、あわれな子供だった。

そのころ、里には女手が不足していた。

涼の両親は、涼をくノ一として生かすべく、わざと不十分な食事しか与えず、やせ細った少女のような姿で成長をとめさせた。凜太郎がはじめて涼に出会ったとき、彼には自分の性別すらわかっていなかったらしい。十二歳、のときのことだ。それからどういう手を使ったのか、塚本は知らされていない。知っているのはただ、凜太郎の父が涼をひきとり、凜太郎の妹のようにも弟のようにも育てたということだけだ。

塚本も、そうだ。忍ぶことができない、という致命的な性質のせいで、里を出ることも任務に加わることも許されなかった塚本は、やはり使用人のような扱いを強いられていた。それでも、誰かの役に立てているという実感があれば、かまわなかったのだろうと思う。けれど塚本も、おそらく涼も、感謝されるどころか足蹴にされ罵倒され、横暴に虐げられることが当たり前の生活を送り続けていた。それは、忍びとして役に立てないのならばしかたのないことなのだ、と凜太郎に出会って柳の一族に迎えられるまでは思いこみ続けていた。

もちろん、二人はきわだって深刻なケースで、もう少しましな事情で里を出て、柳に身を寄せた者も大勢いる。けれど、いずれにしても柳が、里で生きることのかなわなかった者たちがはじめて見つけた、生きるよるべであることは間違いがなかった。

ポケットにひっそりすべりこませた、床に落ちていた小さな木彫りの人形をとりだした。頭の部分に穴のあいた、あどけない子供の人形。エッグスタンドだ、というのは、陽菜子の同僚が騒いでいるのを聞いて知った。すぐに殻を割って食べる卵を、どうしてわざわざ立てねばならないのか塚本には皆目見当がつかなかったけれど、穴にぴったりと埋まる、という構造じたいは好きだった。

柳は、凜太郎は、手を組むけれど、支配しない。

互いの欠如を補いあって、ただともに生きるだけ。

陽菜子もそこに加わってくれたらいいのに、と塚本は思う。

けれど今は、肥大化していく痺れと眠気のせいで考えがまとまらない。次のことは起きてから考えよう、と涼の額を撫でながら塚本は朦朧とした意識に身を委ねる。

――ぼくは、諦めたわけじゃないですよ。

怯えと怒りをないまぜにしながら凜としたまなざしで塚本を見据える陽菜子の〝かたち〟を思い描き、塚本はそっと目を閉じた。

〈参考文献〉
『完本　万川集海』中島篤巳／訳注　国書刊行会
『忍法大全』初見良昭　講談社
『歴史群像シリーズ特別編集【決定版】図説・忍者と忍術　忍器・奥義・秘伝集』学研
『忍者の兵法　三大秘伝書を読む』中島篤巳　角川ソフィア文庫
『忍者の掟』川上仁一　角川新書
『忍者の精神』山田雄司　角川選書
『月刊秘伝』（2020年7月号、8月号）ＢＡＢジャパン社
『「ＯＤＡ」再考』古森義久　ＰＨＰ新書

〈取材協力〉
習志野青龍窟

〈Special thanks〉
稲子美砂、横里隆（上ノ空）、木島英治（キーワークス）、
桃井千晴、山下昇平、田中沙弥

本書は書き下ろしです。

双葉文庫

た-53-03

忍者《にんじゃ》だけど、OLやってます

抜《ぬ》け忍《にん》の心意気《こころいき》の巻《まき》

2020年11月15日　第1刷発行

【著者】
橘《たちばな》もも

【発行者】
箕浦克史
【発行所】
株式会社双葉社
〒162-8540 東京都新宿区東五軒町3番28号
［電話］03-5261-4818（営業）　03-5261-4831（編集）
www.futabasha.co.jp（双葉社の書籍・コミックが買えます）
【印刷所】
大日本印刷株式会社
【製本所】
大日本印刷株式会社
【カバー印刷】
株式会社久栄社
【DTP】
株式会社ビーワークス

【フォーマット・デザイン】
日下潤一

ISBN978-4-575-52418-5 C0193
Printed in Japan